うしろすがたの記

片上長閑

Katagami Nodoka

田畑書店

うしろすがたの記◎目　次

装画　木村繁之（「夜の人」）

うしろすがたの記

子規小見

正岡《まさおか》子《し》規《き》

1

正岡子規

という名に接する都度、筆者を、途惑いと清新さの入り混じった、複雑な気分が訪れる。それは、見ず知らずの人に相対するときの心持と似ている。幾度となく、書物や会話で触れてきたはずの人名の響きが色褪せず、それどころか、接するたびにこのような気分をもたらす。おかしなことと言ってよい。

彼の年譜的な足跡を簡潔に辿るとすれば、幕末、伊予国松山で生れ、長じて上京し帝大へ入学、初め哲学、次いで文学に傾倒する。特に短詩系に没頭し、やがてその革新のための活動へ身を投じる、ということになる。

子規について、それ以上のことを知ろうとすればするほどに、筆者の前に、明瞭ならざる、影ばかり膨れ上がった像が立ち上がる。そして、途惑いが訪れる。何しろ、彼は、物語にまみれ過ぎている。物語と言って悪ければ、彼ではなく周縁の人びとの思惑と言ってよい。子規を持ち上げる人がいる。一方で、子規を足蹴にする人がいる。しかし立場の違いこそあれ、それぞれ一様に、子規その人、その作品というよりかは、この詩人の遺骸を傀儡として、みずからの夢を語ろうとしている。

たとえば子規は、明治の人である。その一事は、事実としてある。しかし、そうであるとはいえ、彼がほんとうに、その時代を代表する精神の持主であったかどうか、と言われれば、判らない、としか答えようがない。仮に、子規という人物と実際に知り合い得たところで、そしてどれだけ親しくなったところで、やはり同じく、判らない、と答えるかも知れない。人のものの見方、捉え方、考え方は、時代と、接した人々に制約されるところが大きいかも知れない。といって、それだけが、その人の基底を埋め尽しているわけではない。論では割り切れない個々の在り方がある。少なくともそれは、同時代の精神、などと、後代の者たちが称ぶものとは関りがない。

彼と、彼の作品を考えるに当って、筆者は、どこから始めればよいのであろうか。子規とは何か。この答えを強引に出さんとすることは、あるいは子規と称ばれる存在を、子規その人以外の何事かに結び付けようと、いずこかに位置付けようとすることは、これまで子規を語ってきた人びとの轍を、そのまま踏むことであるかも判らない。そもそも筆者は、人生のいつ、どこで、どのような形で、初めて子規と、いや、子規と称ばれる男の影と出会ったか。ここから始めるよりほかの術は、さしあたり、ないかに思われる。

文学史の本であろうか。違う。それでは、司馬遼太郎の小説であったか。違う。人生の初めの頃に、子規の俳句に接する機があったかどうか。いや、正岡子規という名に初めて触れた機会が、ほんとうに俳句だったのであろうか。

そこまで思い至り、筆者の脳裡に去来したのは

くれなゐの二尺伸びたる薔薇の芽の針やはらかに春雨のふる

の一首であった。

思い起されたのは、実家の、やや埃っぽい書棚の片隅にあった、短歌を紹介する学習漫画である。教師であった母か父が買い求めたのであろう。日本語の空間に永く続いてきたこの詩形の、著名な作品を取り上げ、一首につき四コマ漫画一つを割り当て、解説するものであった。その時小学一年生だった筆者は、何の気はなしに、まったくの暇潰しのつもりでこの本を手に取った。頁を繰ると、題材も詠み振りも異なるさまざまな歌が、それぞれに多彩な光景を描き出している。自然の雄大さ、人の世の非情、愛のよろこび、死者への弔い。書中、撰された歌の題材は幅広く、読んでいて厭きない。いまにして思えば古事記から齋藤茂吉と、時代の範囲も広く取られ

ていた。この世には短歌というものがあり、こういうものらしい、ということを、さまざまの実作から筆者は諒解していた。

五・七・五・七・七の三十一音。音読すると心地が好く、いつまでも繰り返し読んでいられる。言葉のリズムは耳に非常によく馴染み、よく親しんだ。

筆者はこの本を通して、日本の詩歌、と言われるものに初めて触れていた。同時にその中で、正岡子規、という人名にも初めて触れていた。

しかしこの時、子規の存在と、そこに列なる彼の作品をはっきりと認識したわけではない。筆者がよく好み、読み込んでいたのは、同じ本に紹介されていた、ほかの歌人の作だったからである。

たとえば子規から少し時代は遡り、良寛和尚の

道のべにすみれつみつつ鉢の子を忘れてぞ來しあはれ鉢の子

などは子ども心に可笑しく、リョウカン、という御坊さんは面白くやさしい人かも知れない、と思い、親しみを持つまでに至った。「すみれつみつつ」の韻律や「鉢の子」のリフレインの気持好さから、しばしば読んでいたのを憶えている。

それから、

おほてらのまろきはしらのつきかげをつちにふみつつものをこそおもへ

これは子規から時代を下って會津八一の歌である。いかにも古そうな大きな寺で、何か静かに、この歌のうえでは言葉にできない、複雑な物思いに耽っているらしい、何か素敵なことかも知れない、そう思ってしみじみとしながら読んだ。

また、大きく時代を遡って

信濃路は今の墾道刈株に足踏ましむな沓履け我が背

これは、萬葉集の東歌である。東国の名もなき民衆が遺したこの歌は、詠み手の名が伝わっていないにも拘らず、歌った人物の顔が、表情が浮んできそうだ、と、その時の筆者には思われた。ある種の、切実な印象が胸の裡に遺った。

筆者がこの本で諳んじ、親しんだ歌は、右に挙げたものに留まらない。しかし子規とその歌は、いまに到るまで忘却していた。筆者がその学習漫画を読んだ時、確かに出会っていたにも拘らず、その事実も記憶の隅の、そのまた片隅に追い遣られていた。

いま読んでみると、子規のこの薔薇の芽の歌には、何かが、決定的に不足している。短歌の三十一音という枠の中でなされる営みにしては、あまり貧弱なものに思えてならない。

　不足の正体は、音ではない。字足らずでないのは読み上げれば判る。そして情景でもない。薔薇の芽が吹き出るのに春雨の重なる様子は瀟洒である一方で、何かかしら、吹き出でたこの芽が、針が、雨に逆らい硬く育つ予感を覚えさせないということもない。また、やはらかに、とは薔薇の針に掛っているか、春雨に掛っているか。これらのいずれにも掛っているように受け取れる。とすれば、両者が同じ柔らかさを有ち得る、瞬く間に過ぎる春というあたたかな季節の、一瞬の交歓を炙り出すさまは巧みですらある。

　では、それでも付き纏うこの不足の念は、どこから来るものなのであろうか。筆者は、短歌にとくべつ明るいわけではない。子どもの時分から感受性が育っていないのか、それかまた、勉強不足なのか。しかしそれでも、思わずにはいられない。この光景でなされていることを形にするに当り、短歌という媒体を択ぶ必然性は、果して、どこにあったのであろうか。この歌の中で、言葉を歌に昇華させ切らず、あくまでも言葉という、情報の媒体のままに押し留めているものは、一体、何か。

　私見によれば、この歌に不足、あるいは欠如しているものは、視座である。ほかの短歌は視座を、そして視座の持主をその中に抱え、あるいはその、観測者の思念を歌の枠の中に収め、少ない言葉をして生き生きとあらわしている。一方でこの歌の、どこか真に迫らない味気のなさは、何であろう。

歌中、なるほど薔薇の芽、針と、具体的な物質は、具体的であり過ぎるほど叮嚀に描き出され、その周りの空気までも、やはらか、という形容、春雨、という天候により、よく描き出されている。しかし、それでは一体、この薔薇の様子を見詰めている者は果して、どこにいるのか。何を思っているのか。

仮に、この歌の中に誰かがいる、としてみよう。なるほど、やはらかに、とある。薔薇の芽が柔らかなことを、指先か掌か、いずれにしても触覚を介在して知ったのかどうか。この微妙な触覚を、微かであろうと歌の中へ入る足懸りとしてみる。紅色の芽に相対し、間近に触れて観ていることになる。しかし針を有つ薔薇であろうと、春に萌え出る植物の芽が柔らかさを有っていることは、指に触れるまでもなく判別を付け得る。歌に織り込まれた語句だけでは、この歌の視座の位置は未だに不鮮明であり、読み手が入り込む取り掛りは弱いままである。この歌の中には、ほんとうに人間がいるのであろうか。

それでは、たとえば情動の面で見てみよう。薔薇の芽が、二尺、伸びている。その感慨は言外に示されているのかどうか。この薔薇のこれまでが、新芽の二尺伸びたらしい地点より以前の部分が、この歌の中のどこかに、記されているか否か。その時間はどこに込められているのか。「伸びたる」の「たる」とは、完了なのか、それとも状態の持続を示しているのか。ここにある薔薇は、誰かが育てているものかどうか。あるいは栽培品種などではなく、近所の道端に生えている野薔薇であるのかどうか。そもそもこの歌の中に、人格と感情と記憶を生々しく伴う、誰か、と称ぶことのできる人物は存在するのか。誰もいない庭を、どこからか、透明の壁越しに見ている感を、筆者は覚える。この薔薇の芽がどうあろうと、どうなろうと、見ている、いや、眼に入っている者には、特に関りもなければ、変化をもたらすこともない。

二尺伸びている薔薇の、芽。ではこの薔薇の草本は、芽は、いったい視る者からどれほどの位置にあるのか。これは近景なのか、それとも遠景なのか。ここにある字面だけで、読み手が遠近感を摑み取ることはできない。二尺と判るほどの位置、というものはない。近くにあれ、遠くにあれ、尺とは、寸法とは絶対の基準である。仮に遠くにあったところで、人は遠近法をして、薔薇の芽のおおよその丈を把握することができる。寸法に置き換えるとはそうしたことである。皮肉にも、二尺、という具体的な寸法を織り込んだことが、その寸法が寸法に留まっていることが、見ているはずの者の位置と、薔薇の位置とのあいだを、曖昧なものに留めている。

三十一もの音の数を許されながら、この一首の世界には、読み手が乗り込む入口も、身を置く余地もないのではないか、と思われてならない。あるとしても、入口は初めから閉ざされている。歌景は単なる額縁の中の絵のようでもあり、事物をいかに詳らかに、細やかに、しかも巧みに描き出したところで、筆者は、悠然と間延びしたこの三十一音に対し、言葉が漠然と言葉に留まっている、という念を拭い難いものがある。むしろこの歌に於ては、薔薇の芽の有様を詳細に描き出せば描き出すほどに、薄いが確かな硝子の壁を一枚隔てた、読み手とは特に関りのない絵空事として見えてくる。この歌は、歌にしかできないことを尽されているのであろうか。

むろん、この一首だけをして、子規は下手な歌よみと断じることは、早計と言えば言える。この歌にも、美しくあたたかい、と感じようとすれば感じられるであろう微妙な景色があらわされており、先に述べたようにその業は巧みである。そして子規にはほかにも美麗な歌がある。また若干の擁護を試みるとすれば、彼が、短歌という表現形式に本腰を入れ始めたのは、この人物の、早い晩年のことであるという。

しかし、子規の代表歌として真っ先に挙げられ、現に子ども向けの解説書にさえ載っているこの歌が、誠に優れたものであるか否かは、一考の余地がある、と筆者には思える。子規全集を繰ると、この種の歌が多いのに驚きを禁じ得ない。

言うなれば子規のこの歌のかたちは歴史的な、と形容しようと思えばできる、ほとんど絶望的な気分をして何ごとかを変えようとした、格闘の痕跡であった、とすることができるかも知れない。しかし言うまでもなく、よく励んだか否かと、十全な結果を残せたか否かは、分けて判断するのが妥当な問題と言える。歴史そのものと、歴史的ということと、優れているということは、あくまで別の話である。歴史的、ということは、古典である、ということを意味はしない。歴史的、と称ばれるということは、大きな効力を持ってはいるが、その効力が特定の時代、特定の地理的範囲の、固有の条件の下でしか発揮されない、あるいは、しなかった、というほどのことを意味する。これらのものはほとんどの場合に於て、同時代を越して生き残ることはできない。子規の短歌の多くは、歴史的ではあるが、時空の推移に関りなき問題の裾野を有つ、つまり、歴史と称ばれる、あの何度も上書きに上書きを重ねられてきた物語から逸脱し得る、古典、と称ばれ得るものではあり得ないのではないか、という念が、筆者の中にはある。古人へ悪罵に近い啖呵を切りながら、それに報い得る仕事を遺す時間は、彼に残されていなかった。

歌の、三十一音の枠の中で、能う限りのことを施し尽しているか否か。はっきりとは自覚しなかったかも判らないが、二十五年前の子どもの筆者が、何とはなしに物足りなさを感じ、特に関心を払うことがなかったであろうことは、想像が付く。そして忘れ去られた。

いずれにしてもこの時の筆者は、個別具体的な、人格と内実を伴ったひとりの人間というよりかは、短歌という形式に取り組んだ無数の死者の名の一つとして、言い換えれば、一つの記号として正岡子規の名を通過していたに過ぎない。

2

ここまで書いて筆者は、幾らか、論を急ぎ進め過ぎた虞を抱いている。そのうえ、子規の作について述べるというには、時系列が前後している。右に記した通り、子規が短歌に深入りするようになったのは、彼に忍び寄る死の跫音が大きくなってからである。

子規が十全に力を発揮し得た本領は、あくまで俳句にあると言える。筆者が二度目に彼の名に触れたのは、俳句を通してのことであった。最初の出会いは物別れに終ったが、この時は子規の名も、その作品も、脳裡に、焼き付けるとでもなく焼き付けていた。

小学二年生の時のことである。長姉かその友人から、上の学年の国語の教科書か、それに類する書籍を見せられたのであった。お前は短歌を読んでいるから俳句も解るであろう、学年誌に出すから代作をせよ、と、ふざけ半分に言うのである。俳句というものが何か、いまも解ってはいないが、その時は更によく解っていなかった。見せられたその冊子にあったのは、読み馴れた短歌と韻律は同じだが、それより短い、五・七・五のものであった。

柿くへば鐘が鳴るなり法隆寺

短歌の上句だけ持ってきたのだろうか。それにしては何か違う気がする、と、俳句なるものについて思った。

マサ・オカ・シキという、どこかで聞いたことのある、軽快な韻律を含んだこの名を、その時は、作品と結び付けて記憶していた。

ふしぎな景色だ、と思った。いまこの句を見ても、なるほど不思議な光景に映る。なぜ「柿」を「くへば」「鐘が鳴る」のか。柿を食うことによって遠くの鐘を鳴らしている、という、珍妙な錯覚が起きる。しかしそのふしぎさにも拘らず、筆者の脳裡には確かに、梵鐘の音が響いていた。その、短歌よりもさらに短い詩の韻律は、口ずさみながら、耳に、残るとでもなく残った。

なぜこれだけの音の響きが、かくもはっきりと浮んでくるのであろうか。

そう思ったとき、筆者は句のあらわす景色の中にいた。いま聞える遠くからにも思えるこの鐘の音は、聞いたこともない法隆寺の鐘の音なのだ。筆者は行ったこともない大和平野の真直中にいる。茶店にいてか、それとも野にあってかは判らない。それでも大和平野に立っている。筆者じしんが柿を喰っていることもあれば、誰か、柿を齧る旅人の影がちらつくこともある。鐘の音がよく聞えるほどには、晴れている。錯覚と言えば、これ以上の錯覚はない。

この句のあらわす世界にあって柿を喰っているのは、いったい誰なのであろうか。言葉であるからには発した者が、書いた者がいる。柿くへば、と、ここに書いた者がいる。その人物の動作であるかも知れない。なるほどここには確かに動作がある。しかし主語はなく、柿を口に運ぶ、大きな人型の空洞だけがある。そもそも柿くへば、と書いたからといい、書き手が柿を喰ったのかどうか。空洞の主は私なのか、貴方なのか、それとも彼女か彼か。

仮に私、であるとしよう。ここで柿を食い、法隆寺の鐘を鳴らすとでもなく鳴らしているのは、私、であるということになる。しかしここでの私、とは誰か。この句の中にいる、顔の見えない、何者か判らない、読み手にはうしろすがたしか見えないと思われる誰か、のことであろうか。それとも、この、紙に印刷された十七音の字面を、いま、まさに眼の前にしている、読み手じしんのことであろうか。そのいずれにも受け取ることができる。そして、その両方であるかも判らない。主格の省略は、日本語という言語の特質のひとつである。日本語を曖昧模糊とした、言語とはなりきらぬ何ものかにしている、とも言われるこの慣習に則り、この、柿の句を読んだときの筆者は、不在の主語に筆者じしんを当て嵌めたのかも判らない。大きな不在。ここにいて柿を食っているのは誰でもない誰かであり、つまり誰でもあり得る。この句が作られた時からどれだけの時が経ったか、初めて読んだこの時、筆者は知らなかった。遠く離れた時空へ、いま、ここへ言葉が一人歩きしている。この句を作ったマサ・オカ・シキという名で称ばれる一人の男は死んだが、紙のうえに記された言葉が、言葉だけが、それを書いた者の生死に関り合いなく、たったいま木の枝から捥いだばかりの、果実のみずみずしさを保っている。百年の移動は一瞬のうちになされた。筆者は楽しかった。短歌を読んでいる時と同じように、死んだ人と会っている、と思った。

この世界では「柿」を「くへば鐘が鳴る」。なぜか。

この鐘の音は、法隆寺のものであるらしい。法隆寺はいずこにあって、音は、どこから聞えているのか。

また、「鳴つてる」では駄目なのだろうか、ということを、小学生の筆者は、同時に思っている。なり、という、古風に思えた云回しが、読み上げていて、どうしてか気恥しかったからかも判らない。それに、「鳴つてる」でも撥音の響きがよいじゃないか、ということを思っていた。

いまの筆者がこの「鳴つてる」を文語体に直すとすれば、「鳴りゐる」となる。しかし「鳴りゐる」でもいけない。やはり、「鳴るなり」でなければいけないのである。しかしそれは、単に音の響きだけによるものではない。「くへば」「鳴る」。ここには光景の連関あるいは連続があるのみで、何の因果もない。なぜ、と問う余地がない。とにかく「柿くへば」法隆寺の「鐘が鳴る」のである。これは所謂偶然の一致とでも言うことのできる光景であるかも知れない。柿を喰う者と鐘を撞く者の意図が重なることはなく、時系列が連なっただけであるかも知れない。この偶然、無意味に、なり、という強意の、たった二音の助動詞が、句に、視座の在処を用意している。主語が欠落しているにもかかわらず、「なり」で締められている。この「なり」は文法的には「鳴る」に係るものではあるが、句の光景の、その機能としては「鐘が鳴る」ことのみに掛っているのではない。「柿くへば鐘が鳴る」という、上五中七のあらわす句景すべてに係っているのである。ここはこのような世界である、ということを、読み手とともに宣言している、と言ってよいのかも知れない。

鳴るなり。ナルナリ。鳴るのである。この句の中には、誰かがいる。その誰かは作者であり、この句を前にしているすべての読み手である。「鳴りゐる」では決して得られない視界が、読み手に開ける。あの薔薇の芽の歌のごとき、よくできた写実的な風景画の域を越えた生まの世界がたちあらわれる。単に視座が変る、描かれる光景が変るということではない。上五が「柿くふや」でも「柿くつて」でも決してあり得ない、生々しく生き生きとした光景がここに現出している。ただの二字、二音の差異がもたらすナンセンスが、秘かに、しかし強力にはたらく。柿を喰うのが、読み手ではないほかの誰かではなく我が身のこととして想起され得る。「鳴つてる」あるいは「鳴りゐる」では、この句の光景はあくまでも他人事の遠景に留まり、ほかの誰かが食べている光景を眺めるばかりという、あの、薔薇の芽の歌に同じ、味気ないものとなっていたに相違ない。

下五のややぶっきらぼうに置かれたかに見える「法隆寺」という固有名詞には、「鐘が鳴る」という音の情報のほか、一切の具体的な描写が施されていない。音数の制約がそうさせたのだと言うことはできるかも判らない。しかしそれでは、この古色ゆかしき寺は、いったいどこにあるのであろう。法隆寺への視線は焦点を結ばない。この体言止めの中にあって、遠近法は機能しない。おぼろげに浮ぶだけである。たといあの五重塔を、金堂を、回廊を間近に思い描こうと、この句の「法隆寺」は、遠方のほかは安座の位置を取ることがむつかしく見える。「鐘」の音が、「法隆寺」を遠くしている。観測者から突き放している。このことが却って「法隆寺」の存在感を確かなものとしている。

日本語の空間で一定の時間を過した人の多くが口ずさみ得る、この十七音の響きを、果して筆者は、正岡子規という個別の人物の人生観とともに、さらには作者とされる子規の時代を、文学史的な背景や意味を伴って憶えたのであったか。否である。にも拘らず、筆者はこの句を記憶している。句の中で、誰かと会いさえしている。更には法隆寺の遠い過去の、歴史と化した、物語と化した光景にまで、思いを馳せている。

人は時間に抗うことはできない。人は生きることはできるが、病を得、老い、やがて死ぬ。書かれたものだけがつねに新しい。文学史という名を有つあの物語は、作品を読む者により、いずれ死んで腐臭を放つ肉体を伴う人間たちにより、無限に書き換えられてゆく。文学史は文学ではない。作品そのものは文学史から、いや、歴史そのものから逸脱して存在し得るのであり、また読まれ得る。仮にいま、この時代に読まれずとも、新しさを保ち続けている。文学と称ばれる何ごとかは、人間の中にあるのでなければ、書物の中にあるのでもない。言葉そのものの中にある。

この句の景は現実に子規が体験したことではなく、虚構であると言われる。しかし、それが何であろう。言葉とはそもそもが虚構である、という命題はさて措くとしても、子規が柿の味の甘さを知らなかったとでもいうのであろうか。子規が梵鐘の音を聞いたことがなかったとでもいうのであろうか。柿が食べ頃となる、あの、秋のひやりとした寂しい空気の感触を知らなかった、とでもいうのであろうか。この句を読む者もまた、それらを知らない、というのであろうか。子規は言葉の作り出すもう一つの世界、その場に確かにいる。その場に、我々もみずから踏み入るまでもなく臨場している。言うなれば筆者はこの柿の句に触れたとき、作品集を紐解くまでもなく、年譜を辿るまでもなく、すでにして、子規と出会っていたことになる。

言うなればこの句に触れている者は、俳句とは何か、という抽象的な、哲学めかした問に答えられずとも、俳句とはいかなるものであるか、どのようなことができる十七音節であるかを体感し、すでに諒解している。あるいはその入口に立っていると言える。更に言えば、正岡子規という固有名が何を指すかという問題に触れる以前に、彼と出会っている。子規が誰か、子規が何者であるかを問う前に、言葉という作り物、人工の世界という虚構であるがゆえに、いや、虚構を通してであるからこそ、子規が人を、いかなる地点へ連れて行ってくれるかを、知っている。意味も物語も、そのあとから幾らでも従いてくる。

3

それではこの柿の句を知る人びとが、子規という存在に触れるとでもなく触れているとしても、そこから先、彼のほかの句にいかにして触れればよいのであろうか。

俳句という詩形は短さゆえに、一冊の書に多くを蒐め、収めることができる。しかしそれは他方で、幾らでも削り得ることを意味する。仮に、子規の句が多く収められた作品集であるからといい、その総体が、果して、子規の作の勘所に到るものであるか否か。削るという、編者の指先ひとつの操作によって、人は、誰かが見せたい子規、という、あの膨らんだ影のごとき像を見てはいないか。

二〇二四年のいま、子規の句集で最もたやすく手に入り得るであろう、また最も多くの部数が流通しているであろうものは、一九四一年に刊行された岩波文庫の『子規句集』である。しかし、弟子の撰によるこの集は、子規の膨大な句作から幅広く採ったものとは言い難い。現在版が重ねられている改版の解説の文章は、子規の作そのものというよりかは、当時の俳壇の状況と、この集が初版の際に巻き起した様々な反響、そして撰者である子規の弟子の、意図と事績を主題としている。苦しい擁護の文章にさえ読むことができる。

言うなればこれは、一九四一年当時の俳壇という政治、あるいは人間関係の場に於ける、権力の掌握に成功した者による世界観を示すに終始した、きわめて歴史的な、時代の遺物と看做し得る書物なのである。子規そのものの入門書としても、子規の作を幅広く知るにも適さない、きわめて中途半端な作品集とすら言える。

筆者は子規とのあいだに政治まがいの関係はない。正岡子規と称ばれる、肉体を有った特定の歴史上の人物は、ほかのすべての生者たちがそうであるように、死後、いかなる人物にも会ってはいない。しかし筆者は、いや、子規の読者たちは、あの不在の影を通して句の中へ入り込み、句の中で子規に会ったことはある。それはひたすら、会った、というだけのことに過ぎない。言葉を交したわけでなければ、身振り手振りを見たわけでもない。しかしいかなる役割にも、いかなる人格にも裁断することなく、ただ、見ている。これが、現実の他者に相対する時と、いかなる違いがあるであろう。

ただ、その入口には、また出会い方には違いがあり得る。右に述べた通り、どの句に出会うか、どの句から読むかも問題と言える。俳句は短く、それじたいが一個の作品であり、一個の言葉の世界であるが、その集積はまた別の作品となり、また別の世界をかたちづくる。一句を突き詰めて読解するか、すべてを読み込むか。誰かの遺した句を読み、その誰かの影へ迫ることは、補遺編までをも含めた全集、あるいは全句集を通すことが、理想と言えば理想、と言えるのかも判らない。

たとえば、岩波文庫版の句集には、

鶏頭の十四五本もありぬべし

のような句は載っていない。

筆者が、歳時記でこの句を初めて目にした際の、その衝撃を言葉にするのは、むつかしい。正岡子規と称ばれる現実の歴史上の人物が、いかなる状況でこの句を詠んだのか、筆者は知らなかった。知る必要があるか否かを問う以前に、そのような発想が浮ばない程度には、句に、感じ入っていた。

読解を散文に書き下したところで、言い尽せはしないであろう。害われるもののほうが多いかも知れない。それでも敢えて記すとすれば、深紅の肉質の鶏頭の花が、一、二、三、数えて十本を超えたがそれ以降は曖昧にして、十四、いや十五本ほどはあるのだ。句に描き出されている景色は、それだけのことである。眼前の鶏頭の花のほか、何一つない、つまらぬ句として読む者も、いるであろう。それだけの景が、いや、句が、なぜ、いまこうして句を読んでいる筆者の眼に焼き付き、離れないのか。

この句は、物議を醸した作として知られている。いや、現代に於ても、折に触れて議論の俎上に乗せられることがある。これだけの光景の句が、俳句として、詩として成り立つかどうか。この問を巡り、句に附随する、しかし句そのものではない年表的なことがらなどが、賛否の根拠として散々に述べ立てられてきた。子規の病と境涯が云々、という。心象風景が云々、という。しかし子規の病とは何か。子規の境涯とは何か。子規の心象とは何か。彼女等彼等は鶏頭の句を味い、読み解く、と見せ掛けながら、実際のところ、句そのものの読解についてはそこそこにして、句のあらわす世界には特に関りのないことを、散々に述べ立てているに過ぎない。生ぬるい、と言えば、これほど生ぬるいことはない。ほとんど議論のための議論に思える。人は、対面したこともない特定の一人物について具体的な知識があるから、その人の作った句に感じ入るのではない。また作者の病牀の光景を思ったから、その人の句に感じ入るのでもない。人は、句を読んだから句に感じ入るのである。少なくともそう思いたくなるものが、この句にはある。それ以上の議論は有り得ない。たった十七音の言葉の列。その十七音が一個の独立した作品として残されたうえは、作品として眼で追い、読み上げれば、それでよい。句そのものではなく、句の外の情報を事前に持ち寄り、頼らねば、読めない、味えないのであれば、それは、俳句を読んでいると言えるのであろうか。正岡子規という年表上の固有名詞に限った話ではない。作者についての知識なしに読み取り、味うことができないとするならば、そのような句に、いや、俳句と称ばれるものじたいに、果して、いかほどの値打があるであろう。論ずる以前に、句そのものを直接に、ただ読む。それだけで、一切は完了される。もっとも、見た者に何かしらの言及をさせずには置かない点で、この句は生きている、という言い方はできるかも判らないが。

鶏頭の句は、写生句の代表的作品の一つ、とされる。この句はしかし、単に写生とするには決定的に異質なものを孕んでいる。べし、という強調の助動詞の存在は、句の中にあって観測する者の存在を明らかにしているのである。この、末尾に据え置かれたたった二音が、この句を一編の詩として引き締め、成り立たしめている、と言えるかも判らない。そうとすれば、あの柿と法隆寺の句にもあった、巨きな不在の影がここにもある。人は、この二文字を通して、鶏頭を目の当りにする観測者と出会う。その観測者とは、やはり作者と称ばれる存在であると同時に、読み手自身なのである。

背景も状況も関りはない。ここに、目の前にある俳句から、いや、言葉から人が読み取り得るのは、ひたすらに現在、眼の前に展開されている光景であると言える。この鶏頭の句を読む者たちは、句の景によって衝撃されたのではない。俳句そのものによって、さらに言えば言葉そのものによって衝撃されるのであり、現実ならざるこの鶏頭の深い紅色は、そのあとから眼を焼くであろう。

この、眼の前にある鶏頭は、なぜ「十四五本」でなければならないのか。ジュウシゴホン、という音韻の点から、流れるようであって気持ちが好いため、という意見がある。なるほど、それはひとつの理由として腑には落ちる。ジュウシゴホン。ジュからシに帰り、続く音は母音がオの行で、勢いを付けて下るようである。締めは、ン。発音が淀みなく進む。しかし、それだけであろうか。音とともにあらわされる、数の中身はどう読み解き得るであろう。

対象の事物にもよるであろうが、十を超える数は、一目で即座に判断するには余る数である。両手の指の数、十を超えるものの数、それも、そのうち一の位の数を指し示そうとして曖昧に濁す、この、億劫さのあらわれとも読み得る微妙なぶれには、きわめて生々しいものがある。個体は異なり、それぞれに形も色合いも微妙に異なるであろうが、いずれにせよ同じ花に変りはない。そのようなものが十何本かもある様子に、ええい、このくらいだ、と、打っ棄る胸の裡。ほかの数では再現できない微妙な様相と言える。七八本、シチハチホンという、半端な数とたどたどしい音韻の組合せでは、この光景は生れ得ない。数の指し示す事物の多さと、語の流れるような音韻が、相反しながら合致している可笑しみが、微妙な生々しさを生んでいる。

鶏頭という、厚い肉質に、迫るかのごとき強い深紅の色合を有つ花でなければ、この曖昧さは必然性を有たず、言葉の有つからくりは機能し得ないのではないか、と、筆者には思われる。また短い音のうちに言い切る形でなければ、この詩は成立し得ない。仮に、これがあの「薔薇の芽」の歌のようなものであれば、ここまでの衝撃は有り得なかったかも判らない、と思わせるものが、この句にはある。ある意味でこれは、あの不足の答え合せ、と言えるかも判らない。花の数を断定する「べし」という意志の存在が、十七音の短さが、俳句のあらわす世界への入口を、かたちづくる。

鶏頭を、その特質から直截に描写する以外の方法で、そのたたずまいも含めて描き出すものとして、筆者は、掲句以上のものを知らない。また、散文で幾ら語を連ねたところで、鶏頭の核この一句に優りはしないかにも思える。それだけで充分に過ぎるほどのものがある。俳句でなければならないのだ、と思わせる。

俳句は、これで十分なのである。裏を返せば、いたずらに強い云回しを取ることも、奇を衒うことも、華美な装飾を施してそれらしく見せることも、いずれも詩の、俳句の要件ではない。最小限の言葉で、言葉の奥に至ること。柿とはあの柿であろうか。鶏頭とはあの鶏頭であろうか。どのような柿でも鶏頭でもよい。核は、誰もが柿と称び得る、鶏頭と言いあらわし得るものが眼の前にあるという、ただ一点にある。言葉の世界の鶏頭が現実の、読み手の記憶の鶏頭を呼び覚ます。この鶏頭であり、またあの鶏頭でもある、第三の鶏頭が、言葉の奥に、俳句に立ちあらわれる。鶏頭の花はここにある。鶏頭の紅はここにある。鶏頭は句の中にある。この句を読んだうえでほかのどこか、たとえば子規の写生文辺りに鶏頭の像を求めるとすれば、それはもう俳句ではない。俳句はここにある。

その意味で筆者は、子規の俳句に対し、いや、俳句そのものに対し、ここまでしてきたように、多く言葉を弄する必要を認めない。作品をして子規に出会えるとするならば、作品を読めばよいと言える。

むろん、これらの句を作った正岡子規は、現実に、ある一つの人生を生きた生ま身の人間である。彼が生きた同時代の状況、彼と生の時間をともにした人びとと、それなりに結び付けることもできる。この補助線はさだめし有用であり、読解、というよりかは解釈に、筋書きとして強力にはたらき、読み手を誘惑することであろう。しかし便利な道具、乗り物を使うことが、俳句そのものを読み、味うに当って、真に妥当であるかどうか。

むろん、筆者を含めたすべての読み手もまた、時代という制約からは絶対に逃れられない。しかし、句の言葉に執し、句そのものの言葉をただ読もうとすることによって、余計な情報を排することによって、能う限り、そこから遠ざかることはできないか。「俳句」に携ってきた者たち、そして現に携っている者たちは、その色とりどりの補助線をして、俳句そのものを、どす黒く塗り潰してはいないか。彼女等彼等が「俳句」、あるいは正岡子規、と称んで憚らないものは、そこから立ち上る、ただの影ではないのか。まことに奇妙なことに、誰一人として言葉そのもの、俳句そのものには軸足を置いていないかに見え、俳句の十七音から大きく逸脱した場所に、浮遊しているかにも思える。

4

先に挙げた二句は、子規の作品の中でもよく知られたものと言える。

子規の遺した句は数多くして、連綿と続く山脈のようである。この山脈を、彼が生を送った時代的背景からつとめて離れ、ただ読もうとするとき、筆者は化物じみた像への途惑いから離れ、清新な気分の方へ傾く。そしていつしか、句の中にいるみずからの姿を認める。ふと我に返り、これらの作が百年前のものであると思い出そうとも、それはもはや問題にもならない。句のあらわす景色はまさにいま、この場で繰り広げられているのであり、鮮やかかつ厚みがある。

試しに、さほど人口には膾炙されていない句を一つ、拾い上げて読んでみる。

門しめに出て聞て居る蛙かな

俳句という詩形式は、十七音という短さゆえであろうか、時として、語の指す現実の事物そのものではなく、薄おぼろげな語の印象に頼り切った、景を喚起せぬ、奥行きの薄い作を生むことがある。

子規の多くの句を読んでいて驚かされるのは、目を通すや、刹那の時差もなく、たちまちに景が立ち上がってくることである。これは、並大抵のことではない。彼の句の多くは緊張を孕んでいるが、無用の堅さがあるものは少ないと見える。私見ではあるが、このことに、理由の一端がありそうに思える。

この句に触れながら、筆者はいつしか、黄昏時の我が家の玄関先に立っている己が身を発見する。表現としては、門を閉めに動く、耳を澄ませている、これら二つの性質の異なる動作が連続し、読み手に考えさせる隙を与えていない。やがて、いつからか鳴いていた蛙の声の前に立ち止っている、みずからに気付く。そのとき筆者は、外に出た目的を忘れ、蛙の声を聞き続けることを許すようにして、おだやかに流れる、句のなかの時間にいる。

句の中身は、何かがあった、という事実だけである。しかし、厳しく突き放してはいない。門しめに、という主観、動作がなければ、成立しないとさえ思える。

子規と言えば写生、と、かくのごとくに言われる。これも、物語と言える。なるほど、月並調から脱すべく、写生による詩作を提唱したであろう。しかし彼のすべての作が、必ずしも写生の概念に拠ったものではない。折に触れて多彩な実験に取り組み、句風も、晩年に至るまで変遷を重ね続けている。何より、歴史上の人物としての正岡子規は、若くして死んだ。彼が打ち込んだ短詩形革新の道筋は未だ半ばであり、その意味で、たとえば短歌などがそうであったように、彼の完成形をのちの人びとは見ていないとも言える。彼の仕事は、大小の門人たちへ引き継がれた。しかしてそれ以降のことは、みな彼じしんの足跡ではない。また、それらの一々について語ることは本稿の域を出る。

しかし、そのような背景を踏まえても、子規の句そのものは、やはり、筆者の目にはいつでも清新に映る。それは、つねに驚くべき瞬間を発見せんとし、感覚を開こうとする人の、時代を超えた、その時その時のみずみずしさでもあるかも知れない。彼の句からそのみずみずしさを感得する時、筆者は、生を賭けて何事かを見、言葉をしてあらわそうとする、子規その人のすがたを見ている。

時間

石井《いしい》露月《ろげつ》

俳句という詩形は、非常に短い。

驚くべきことに、この、吹けば飛ぶようなたった十七の音韻に、取り返しの付かない人生の時間を捧げてしまう人がいる。

その点に於て、俳人という語は、肩書ではない。これはある意味で、生き方の問題に属する。大仰かも判らないが、そうとしか言いあらわしようのないものが、ここにはある。俳句を作れば、すなわち、俳人である。俳句の外は問題にならない。その俳人が俳句のほかに何をしているかも、関係はない。

これは、偏狭に過ぎる見方かも判らない。しかし、石井露月という一人の俳人を思うとき、筆者の胸に去来するのは、そのようなことである。

二〇二四年二月二十三日の朝、筆者は、東京駅の新幹線ホームに立っていた。凍て付くほどの寒さで、雨が、時折風花となって散って来る。気象予報によれば、この冬の寒さの底だという。三連休の初日ゆえか、どの列車にも、ウインタースポーツの用具や大型のスーツケースを携えた人びとが、長蛇の列を作っている。みな一様に厚着をして、黒山が凄まじい威圧感を放っている。続々と北へ出発する列車はみな満員で、通路もデッキも人で溢れ返っていた。駅員氏が、自由席車に収まりきらない乗客を指定席車の通路に押し込んでいるが、それでも積み残しが出ている。

石井露月と、その師である正岡子規をはじめ、彼に関った人びとが若い時代を過した東京は、震災と戦禍で二度に亘り焼野原となった。以来、職を求め地方からやって来た住人と、そのための住宅と機関、物質で土地は溢れ返り、都心には高層ビルが次から次へと建ち並んだ。点々と建つ鉄道駅は、各地へ向う交通の結節点という役割を超え、巨大な鉄の箱に化けた。彼等が生きた時代からの百数十余年はかくして過ぎ、往時をしのぶよすがは、ほとんど圧し潰され摩滅しかけている。

正気の沙汰と思えぬほどの混雑に揉まれながら、発車標を見る。新函館北斗、金沢、山形という行先案内に混じって、秋田、の表示があった。

露月山人石井祐治は明治六年、秋田の寒村、女米木に生を享けた。石井家は村の顔役であったが、戊辰戦争の戦火を免れず没落、一家は貧しかった。彼はこの家で祖父の影響を受け、実語教を読み、漢籍に触れ、発句に親しみながら育った。

やがて旧制秋田中学へ進むが、脚気を発症し中退を余儀なくされる。農作業への従事もままならない身体を持て余す一方で、文学への志も已みがたく、しばし鬱屈の時を過した。実家の窓越しの景色を見て、露月、という号を得たのは、このころであったという。

成年時の徴兵検査で丙種合格、実質的な不合格となった露月は、蔵書を売り払って旅費を工面し、上京する。横手へ出て山を越え、和賀川沿いに下って黒沢尻から汽車、という道程だったという。

上京した彼は浅草の薬局に下宿し、坪内逍遙を訪ねるが、にべもなく入門を断られた。途方に暮れているところを見かねた友人が、その更に友人である藤野古白を通じて話を付け、日本新聞社の記者、正岡子規に面会することとなる。

子規は東北から来たこの青年を気に入り、新聞社の仕事を与えて懇切に教え、句作を指導した。露月も積極的に句作に打ち込み、これに応えたものの、脚気が再発。ふたたび停滞の時期を迎える。

療養のための帰郷と再上京を経て、露月は文学での立身を断念、医師志望へ転向する。彼に期待を寄せていた子規の困惑は相当なものがあり、再考を求めたが、露月の意志は固かった。ほとんど独学で医師試験に合格した露月は東京に留まらず、郷里秋田で医院を開業した。

医師となった露月は、しかし俳句をやめなかった。彼は医業の傍ら俳誌『俳星』を主宰、村会議員にもなり、句作と地域振興に打ち込むことになる。

彼の半生をかいつまんで語ると、このようになる。

いま、秋田と東京のあいだは、新幹線であれば三時間半から四時間ほどで結ばれる。露月が東京に出たころは数日懸りの道程であったが、彼の旅にのしかかっていたのは、労力と時間ばかりではなかったであろう。露月の上京も帰郷も、現代の人間には思い浮べようもない、重い意味を伴う選択であったことは、想像に難くない。

筆者はこれから、秋田へ向う。露月の生地というだけでなく、死地もまた、秋田である。

俳壇史を記した後世の文章の多くでは、露月について詳しく書かれているのは、医師への転向と帰郷までである。子規の門下生の中でも、露月は、子規と同郷の面々に並ぶ存在として扱われながら、現在では彼とその句は、恐ろしいほどに顧みられていない。

露月が医師志望に転向した理由は、よく判っていない。遺文には、その悩みの深さが記されているばかりである。彼は、医師となることを決意した時点で、俳句から身を引くことができたはずである。それでも露月は、子規のいる東京から遠く離れた郷里で、生活の時間を送りながら、決して閑暇ではない医業に勤しみながら、俳句に力を込め続けた。彼の胸の裡にいかなる念があったか。

露月という人の俳句と生涯を知ってから、秋田行は筆者の念願であった。仮に誰かのふるさとを訪ねたところで、その思いを、それも故人の思いを知ることはむつかしいであろう。それでも、露月の句を更に掘り進めて読んでみたい。それは何も、年譜的な事績に詳しくなり、句の読解を雁字搦めにすることではない。石井露月という一人の人間に、あるいは、彼の俳句の中にいる誰かの影に、少しでも近付いてみたい。そのために、秋田をこの眼に入れておきたい。かくのごとき念が筆者を動かしていた。

筆者は新幹線とき号に揺られながら、ひたすら車窓を眺めていた。上越新幹線は、宮柊二、西脇順三郎、堀口大學と、錚々たる近代歌人、近代詩人の生れ育った地を通過する。しかし車中の筆者には、それに思いを致す余裕はなかった。新潟に早く着かないか、ということばかりが頭の中にあった。新潟で羽越本線に乗り換え、庄内を廻って秋田へ向う。

上越国境の大清水トンネルを抜け、越後湯沢でスキー客があらかた降りてしまうと、車内は急に閑かになった。車窓には雪が増えたが、暖冬の影響かどうか、二月であるというのに、それに越後へ入ったというのに、ところどころに黒々と雪間ができている。この分では、秋田の雪もどのような具合であろう、と思う。

筆者は何も新潟廻りではなく、秋田新幹線で直接秋田へ向ってもよかった。それでも最短の陸路を採らなかったのは、露月が、ある句に織り込んだ光景が残っているか否か確かめてみたい、そして筆者が初めてその句を読んだとき、出会った光景にぶつけてみたい、というほかに目ぼしい理由はなかった。

草枯や海士が墓皆海に向く

句には「羽越線車中」の前書がある。

かくのごとき衝動的な心性から始まった旅が、俳句そのものの鑑賞に何の益をもたらそうか、という思いはある。いったいこんなことが、作品そのものの読解に何の関りがあるのであろう、とも思う。俳句に現実の俳枕の記憶を上塗りすることで、却って読解を害うことになるかも判らない。それに、句のもとになったものの残滓、乏しい痕跡を目の当りにするばかりかも知れない。しかし、まったく同じ光景ではあり得ないはずである、という念もある。この句が詠まれてから百年近い時が流れている。

何より、筆者は右に、句に触れて出会った世界にぶつけてみたい、と書いた。この句の中の光景が、実景の前に毀れるか確かめてみたい、と思っていた。仮に俳句そのものに力があるとすれば、現実の光景を衝撃させ、崩れ去ったところで、現実そのままとはまた違う、別の新たな景色を繰り広げるはずではないか。俳句の中にいる誰かとも、ふたたび会えるはずである。

新潟駅に着く。東京にも増して寒いが、それにしては積雪が、内陸の湯沢、長岡より遥かに薄い。構内のスタンドで温かい蕎麦を啜り、昼食もそこそこに在来線ホームへ向った。秋田行の特急列車、いなほ5号に乗り換える。

筆者はこの車中で、写真家の大中道彬浩氏と合流した。以前、二回ほど共に写真句集を作らせて貰ったほか、折に触れて世話になっている友人でもある。露月にゆかりある地を訪ねる旨を話したら、東北の光景を撮っておきたいといい、同行することとなった。

新幹線からの乗換客で満員となったいなほ5号は、時刻通りに新潟駅を発った。しばらく白新線を走り、越後平野北端の新発田で羽越本線に合流する。驚いたことに、ここで半分近くの客が降りてしまった。

坂町、村上と、北上するにつれ積雪が増える。白さを増してゆく車窓を眺めながら、筆者は、あの草枯の句を反芻していた。

海沿いに躍り出る。

相変らず雪は降っていないが、空は濃い墨でも流したように曇り、笹川流は荒れていた。風が吹いているのかどうか、黒々とした日本海の激浪は、底がないかにさえ見える。車上にありながら、筆者は心細くなっている。ほんとうにこれが日本海沿岸の動脈なのか、とも思えてくる。この羽越本線には複線の区間があり、架線がしかと張られ、現にこの列車も高速で駆けてはいるが、苛烈な、剥き出しの自然に曝されながら細道を進んでいる、という念が否応なしに浮ぶ。荒磯にしがみ付くような路線だ、と思っていると、筆者の前列に座っていた大中道氏が、不意に、

「あ」

声を漏らし、ほとんど同時にシャッターを切る音が響いた。車窓の前方から小さな墓地が迫った、と思うと瞬く間に後ろへ流れ去ってゆく。

「あれですかね、例の句の」

と、振り向いて言う。

黒々とした墓石は、雪間の狭い一所に、固まるように立ち並んでいた。いずれも「海に向」いているようには見えたが、列車の速さで、墓碑銘の一つ一つは読み取れなかった。ほんとうに皆、海を向いていたかどうか。それにあの墓地が、果して露月が句に詠み込んだところかどうか。しかしそう思わせるに充分なだけの光景が、確かに車窓へ映っていた。

雪が積み、これでは上五が「積む雪や」に変ってくる、とか、しかしそれでは墓そのものに雪が積っているかにも読み取れるから、草と海のあいだの遠近感が判らなくなる、とか思ううちに、あの句はやはり「草枯や」でなければならなかった、と、筆者は思っている。枯れて勢いを喪った草々の隙が、冬の、荒れた海に向けて開いている様。その隙間から「海に向く」墓の主たちの、念。雪に埋もれない枯草の中に、そのひとつひとつの間に、海士たちの生きた、言葉では割り切り得ない時間が、横たわっている。

ほどなくして羽越国境のほど近く、日本海に面した府屋の駅へ着く。古代、東北の人びととの戦闘のため、朝廷の城柵が置かれたと言われている場所で、地名もそれに由来するらしい。一分停車で慌ただしく発車。速度を上げ、鼠ヶ関の小さな集落を過ぎる。出羽国——山形県へ、東北へ入った。

あつみ温泉を過ぎるころ、列車は内陸へ進路を取った。雪田の中を走るようになって少し経つと、鶴岡に着く。戊辰戦争で幕府軍として奮戦し、露月生家のある久保田藩領にまでも攻め込んだ、庄内藩の城下町である。しばらくのあいだ、薄雪で白々とした庄内平野を突っ切るように進む。陸羽西線との乗換駅である余目、北前船の拠点であった酒田と停り、残っていた乗客の何人かが入れ替った。

遊佐を過ぎると、ふたたび車窓に黒灰色の水平線が迫って来る。鳥海山の裾が海岸にまで張り出しているところで、庄内平野の涯である。小さな集落を飛ばしてゆくと、まもなく象潟、と放送があった。秋田県に入ったらしい。

鳥海山麓から遠ざかり、北へ向うにつれ、曇りながらも穏やかだった空模様が目まぐるしく変るようになった。急に雲が切れ、燦々と陽が覗いたかと思うと、二、三分もすれば横殴りに吹雪き始める。

海岸には、俄かに松の木が増えてきた。いずれも身をよじるように、これでもかとばかり曲がりくねった幹を、枝を、傾きながら虚空に突き出している。ひとつとして同じ樹形のものがない。しかしどの木も、幹回りが太くない。立ち枯れているものも多い。そうだ、これは風の形だ、と思った。細くも黒々とした立ち枯れの松は、生前の苦しみ悶えた形をそのままに留めている。松のデスマスク、松の墓標。己のすがたそのものが墓標になるのか、と思うと、ふたたび、

草枯や海士が墓皆海に向く

この句が筆者の脳裡をかすめた。海沿いであること、枯れていることのほかは、まるで異なる光景の中に、この句のあらわす景色が降り懸った。死んでなおのこと、と、思わずにはいられない。この句は上五の切字、詠嘆「や」のほかは、情をあらわす語がない。すべて、光景の描写が淡々と記されるばかりである。ここにある光景は、詠嘆による一句切の構成で成り立っておりながら、死者の情念が通底しているかにも見えながら、ふしぎと、ひどく荒涼とした、乾いたものとして筆者の眼には映る。冒頭に置かれた「草枯」が生きているのであろうか。草枯の景。四方のどこをも見渡すことができるはずである。しかし「海士」は、「墓」となった彼等は、もはや身動きを取り得ない。「海士が墓」が「皆海に向く」のはそれらしい演出でも何でもない。一句の短い音韻の中で「海」に「海」を重ねることに、ここで述べられる事実と併せて容赦のなさを覚えるのは、筆者だけであろうか。生きていたとき、生業にあったときと同じく、死んだあとでさえ、「海士」たちは、ほかを向くことは叶わない。生ある者に許された時間は短く、ほとんどの人は、何事かを決められぬまま、何事かに迫り切れぬまま、死んでゆく。死は、その人の生きた時間のあゆみを、一切の未練未酌なく「その人」として決定する。露月は、どうだったのであろうか。

羽後本荘を出発した列車は、田園と海のあいだを縫いながら、速度を付けて北上する。開けたところに踊り出で、人家の密度が高くなってきたところで、雪の中に黒々と流れる雄物川の橋梁を勢いよく渡る。この大河を遡ったところに、露月のふるさとが、と思っていると、秋田の市街に入った。大きな建物が目立つようになり、ほどなく秋田駅へ滑り込む。

ホームへ降り立つと雪は降りやんでおり、薄々と積っているばかりである。大中道氏が、

「秋田に入ると物凄いですね、天気の移り変りが。それに車窓の色彩も、ひたすら白とか、黒とか、灰色とか。こんなに、限りなく無彩色に近いのはなかなか見ませんよ」

と言う。溜息交じりに、

「こんなところに棲んだんですねえ、露月は」

と続けた。

露月の俳句を読んでも、その生を見ても、彼は、決して器用な人ではなかったのではないか、という思いが筆者の中に生じる。

筆者は、芸能、芸術の作風が、必ずしも作り手が身を置いた風土によって決定されるとは思わない。たとえば極端な話、伊予松山に生れ育ったからといって、伸び伸びとした句風になるわけではないであろうし、小樽に住んだ人が小説を書くからといって、生活苦を映し出し、労働者の惨状を告発するものになるとは限らない。

しかし関東、東京とは比較にもならないであろう、気候の烈しさ、自然の過酷さの中に、この

地はある。露月はこの郷里に帰っていった。彼を取り巻く、さまざまな状況が判断に影響したかも知れないとは言え、最後には、彼みずからがそうすると決めた。

彼の句の多くから、筆者は、華やかさよりかは、硬質で素朴な印象を受け取る。しかし決して、単純ではない。それは句の景が有する時間の堆積と、その層の厚さが内包されているためとは言えないか。

筆者は日本海側の、いや、秋田の風雪の厳しさを知らない。しかし既に、そのさわりの、ほんの一端に触れた思いがした。

駅から歩いてすぐの旅館へ投宿する。秋田駅の周囲はよく開発され、駅そのものも大きな商業施設になっている。ビルが多く、歩きながら方向が判らなくなり掛けた。


翌朝、あきた文学資料館へ向った。

資料館の入る建物は閉校した定時制高校の旧校舎であり、個性を前面に押し出すというよりかは、駅近くの街並みに溶け込んでいる。遠くからでは文学資料館と気付きにくいが、堂々とした看板があるので判った。

職員室を改装した事務室へ赴き、資料館の顧問で、石井露月の顕彰団体、露月会の代表を務める京極雅幸氏に御挨拶する。京極氏は露月と同じ秋田市雄和女米木の御出身。東洋大学大学院を修了後、県立高校の教諭を長く勤められた。この日は京極氏の御厚意により、露月にゆかりのある様々な場所を御案内頂く。

「ここまで遠かったでしょう」

氏は、闖入者とも言うべき関東からの二人組を、懇切に出迎えてくださった。

京極氏の駆る車は筆者と大中道氏を乗せ、速度を上げ、よく晴れた市街を南へ向った。露月の在所であった雄和女米木は、秋田市の中心部から、雄物川沿いに二十キロほども下ったところにある。

市街の中心部から少し外れると俄かに建物が低くなり、車窓に空が広く見える。ハンドルを切りながら、京極氏が秋田の地理をさまざまに解説してくださる。

「この辺の町割はいまもほとんど変っていないんです。それこそ江戸時代から。戦災も少なかったので」

第二次大戦末期の空襲は旧くからの市街の中心、久保田城とその城下町ではなく、その北の、港と製油所がある土崎を主な標的とした。

大中道氏が言う。

「思っていたより雪が少ないので驚きました」

「今年はほんとうに雪が少ないですよ。長いこと住んで、二月にこれだけしかないのは初めてです。昨年はあんな水害もありましたし……まだ元通りではないんです」

建物の密度が薄くなり、ロードサイド型の店が目立つようになると、道路は大きく曲線を描き、東へ向きを転じる。

「この辺までが久保田城下です」

長大な橋に差し掛る。渡り切った辺りで宅地が切れ、筆者の眼の前に、広大な雪田が展がった。遥かな連嶺の裾まで、一面の白い田圃である。京極氏の車は快走しているが、果して、ほんとうにこの平地を抜け切るのであろうか、という念が浮ぶほど広々としている。

目を凝らすと、田の雪は薄く濃くまばらだった。白く覆われるところもありながら、所々で、刈穂の列に沿って黒々とした土が垣間見える。この冬の寒暖差の劇しさはまことに目まぐるしく、なかなか気付かなかったが、どうも暖冬というのはほんとうらしい、と思い始めた。ほかにも、生態系のさまざまな面に影響が出ているという。

これより更に白く閉された中で露月は生れ育った、と思い始めた。終の棲処とした地点も、そこにある。

「道が広いでしょう。ここは秋田空港が雄和に移転したころに整備されたんですよ」

空港への大きな道路から外れ、県の農業試験場を横目に過ぎると、雄物川沿いの黒味掛った山々が次第に道へ迫って来る。まもなく、山裾の細い道に一軒家が点々と並ぶ、静かな集落に滑り込んだ。

ここが露月のふるさと、雄和女米木である。

「いま道が閉じていて行けないのですが、そこの高尾山の上に露月の顕彰碑があります。あの時代に人足を雇って運び上げたんでしょうが、二メートルはある大きいものです」

雄物川の河川敷は改修され、道路は舗装され、家の造りも異なっているが、それでもこの村落のたたずまいは、露月が生きた時代とそう変っていないのではないか、という感慨に襲われた。女米木に入った筆者たちは、まず、高尾神社里宮に詣でた。境内に、露月の句碑がある。渋味を帯びた碑は、巨きな杉の樹々に抱かれるようにして建っていた。

花野ゆく耳にきのふの峡の聲

次いで、山廬を見学させて戴く。露月の終の棲処であり、現在に到るまで、石井家の方々の手により管理がされている。高尾神社からほど近くのその家は、二階は古色が出ていたが、そのほかは生活に合せて新しく改修されているようだった。

急な階段を慎重に上ると、飴色の柱と梁が支える、年季の入った畳張りの部屋に入る。天井が低く、座敷へ入るとき鴨居に頭がぶつかりそうになった。

ここが露月の書斎である。

「露月の部屋、二階の造りは当時のままになっています。そのころの平均身長に合せて建てられていますから、いろいろな寸法が小さめでしょう。書棚の本は、歿後に加わったものもありますが」

見ると、露月の晩年に刊行された、アルス版の『子規全集』が綺麗なまま、全巻揃っている。

「これも露月の歿後に加わったものでしょうね」

と、京極氏が言う。

子規の全集は三種類あり、これは最初のものである。書誌学者、文学史家で、俳人でもある柴田宵曲が主となって編纂したもので、のちの二つの子規の全集がいずれもこれを雛型としているほど、質が高い。このアルス版は筆者の手許にもあるが、天金、布装に菊判の分厚い造りで、文字組はゆったりしているもののやや読みにくい。

京極氏が仰るように、露月が買い求めたものではないのであろう。村の名士であった露月なら、一冊五円のこの全集を買えないことはなかったのではないか、あるいは、彼の日記に『子規全集』に関する記述があったか知ら、など、さまざまな思念が駆け巡ったが、やはり、露月が手許に置いたわけではないのであろう、という念が勝った。仮に、露月のほかにこの『子規全集』をこの部屋に置いた者がいるとしたら、何か、皮肉なことに思われてくる。子規は露月の面倒をよく見、露月も弟子として子規を敬愛した、というが、京極氏によれば、後年の露月は子規から賞された句を、若書きとして否定する向きを見せたという。露月が、一人の人間という以前に、子規の弟子であることを前提として語られることに、筆者はどことなく違和感を覚えていたが、露月みずからの手で、そこから脱しようとしていたのかどうか。彼は、師の子規が歿してより二十年以上も長命した。その歳月が、みずからの裡の何事かを変質させることに、特別なふしぎさはない。そもそも生ま身の、背景も、思想も、世界観も異なる人間同士が触れ合うとき、摩擦するとき、胸の裡に抱かれるのが悪感情ばかり、ということは有り得ないであろうが、好感ばかり、ということも、また有り得ないであろう。筆者はきわめて微妙な、人と人がともに生きねばならないむつかしさのようなものを、この書斎で目の当りにしている気分となっていた。

京極氏が語る。

「露月が生きていたころ、周りのほかの家は大体が馬と一緒に棲む曲り家でした。硝子窓があるような、こういう造りの家はハイカラというか、相当に目立っていたでしょうね」

村の人びとにとって、露月は少し目立つ、言葉を択ばず言うとすれば、変った人に見られていたのではないか。氏の言外からは、そのような見方が伺われた。地元の人びとからは、俳人としての側面はあまり知られていなかったようでもある。

大中道氏は、古い床や梁をしげしげと眺めてはシャッターを切っている。その脇で筆者は、簞笥に仕舞われている露月の医師免状を見せて貰った。

「御存じでしょうが、露月のころは専門教育の過程を経ないでも、二度の試験とその間の実習をパスすれば医師になれました。制度の過渡期だったんですね。まだ方々の医者が皆漢方医だったので、重宝はされたでしょうが、時代が下るにつれて、正規の医学教育を受けた医者が増えましたからね、大変なことも多くなっていったんじゃないでしょうか」

露月の主宰した『俳星』のバックナンバーが保存されており、これも拝見した。この俳誌の名は、子規が手紙で提案した名を露月が付したものである。

「あの時代の俳誌にしては、ちょっと珍しい名付けです。ほかの俳誌や結社は多くが自然の風物を名にしていますから。それこそ『ホトトギス』のように」

俳星、俳句の星。帰郷後の露月がこの雑誌を主宰したことは、彼の足跡を調べる中で知っていた。その時は何とも思っていなかったのが、この、風雪の中にあるような秋田の地を訪れ、実物の俳誌を前にして、筆者はふたたび、皮肉の念を覚え始めている。俳星とは、何という名付けであることか。そう思わずにおれない。書翰中、勇んで誌名を提案した子規にせよ、彼からの消息を表紙に掲げた露月にせよ、彼等が何を思っていたか、筆者には知る由もない。しかし、彼等は星々の、決して混じり合うことのないあまりに大きな距離、それぞれの絶望的なまでの孤独に、思いを致さなかったのであろうか。夜の、いや、宇宙の闇そのままの暗さの中で、光を保つ星。東京、子規から見た露月の在所。地上から遠く離れた、北極星の一点。

仮定の話は、つねに詮無い。しかしもし露月が、医師になったとしても東京に残っていたら、どうしていたであろうか。そのようなことが、ふと思い浮んだ。郷里である秋田に帰りながら、彼が、孤独を覚えていなかったかどうか。

山廬を出るとマイクロバスが通り過ぎて行った。この雄和地区と、秋田市街の中心部を結ぶコミュニティバスである。もともとは筆者も大中道氏も、このバスに乗って雄和を訪れる予定であった。しかし本数が多いとは言えず、当初の予定では強行軍になりそうであったところ、京極氏の提案により、有難くも御案内を頂くかたちとなった。

「あれが片上さんたちの乗る予定だったバスです」

「バスならこれだけ、余裕を持っていろいろ見学できませんでしたよ」

また、色々な露月の像を思い浮べることも、とてもではないが叶わなかったであろう。私は改めて、御案内頂いたことにお礼を申し上げた。

玉龍寺へ向う。といっても、山廬から歩いてすぐのところである。ここにも、露月の句碑がある。露月の生誕百五十年を記念し、昨年建てられたばかりのもので、真新しい。

深山鳥羽耀かす五月晴

露月の墓石は、石井家累代の墓とは別に、並んで建てられている。花と線香を捧げ、合掌した。

合掌を解くころには、露月への、憧憬とも好感とも形容し難い念は薄れ、どちらかと言えば、一人の他人に出会った、当惑のようなものが芽生えているのを感じていた。

寺門を出ると、空高くに真雁の鍵字状の隊列が現れ、整然と西へ向って行った。

ふたたび文学資料館へ足を向ける。その中途、雄和図書館に案内して頂いた。二階の広い一室が露月資料室となっており、彼の書が張り出されている。時期の異なる幾つかの書からは、決して器用ではない筆遣いを変えながら、書体を定めようと試行錯誤する跡が伺われた。

ガラスケースの中に、装飾を施した紙が並べられている。これも書なのだろうか、と思って観ると、手紙であった。露月の書翰に台紙が張られ、巻物となっている。これが複数展示されているのである。

「送り先が露月に私淑した男で、露月からの手紙をわざわざこんな風にして残していたんですね」

京極氏が教えてくださった。巻物になった書翰を観ながら、筆者は、これではまるで仏像だ、という念に駆られていた。雑な形容ではあろうが、神格化、とでもすればよいのか。先ほど山盧で脳裡を過ぎった、孤独、という語がふたたび思い起された。

「赤川菊村といって、ジャーナリストで郷土史家だった男がいるのです。この彼が露月全集を作ろうと思って、露月の日記を翻刻したり、資料を蒐めたりしていたんですがね、結局実現はしませんでした」

生ま身の、到らない所も欠点もある、一人の人間としての露月を、果してその彼が見ていたのかどうか。師の子規は死に、かつての兄弟弟子たちとは、友人と称べるような関係ではなくなっていった。露月自身の中で、彼等への見方も変っていったのかも判らない。一人の人として生きた彼が、対等に接し得た人は、秋田に帰ってどれだけいたのであろう。

京極氏が言う。

「地元でも顕彰されていますが、何も、すべてがすべて露月のお蔭でもないでしょうからね。そろそろ、一人の生活者としての石井露月、そういう側面を研究してもいい気がします」

露月全集が編まれなかったことに、勿体無いな、という気分はあったが、悔やむ念はふしぎと起きなかった。

昼食を御馳走になり、文学資料館へ戻ると、休刊まで『俳星』の主幹を務められた石田仲秋氏がいらっしゃって、御挨拶することができた。爾後、ちょうど開かれていた伊藤永之介展を見学し、事務室で京極氏、大中道氏と御話に興じる。話題は自然と、どうすればデジタル全盛のこの時代に、秋田の文学者を発信してゆけばよいのであろうか、ということへ流れた。筆者は、曖昧な受け答えに終始していた。石井露月の存在を知り、その俳句を好ましく感じたはよいが、京極氏を始めとする秋田の人びとから懇切な御案内を頂戴するあいだ、露月への感情が高じて無分別に、軽率に秋田を踏み荒しに来てしまった、というやましさが、ついに拭えなかった。ここにはまだ、露月という、生ま身の人間のすがたが、足跡がしかと残っている。多くの人びとから注目、喝采を浴びている文学者であれば、虚像の上に虚像を重ね、それが通史として語られ、語られ続けるうちに、いつしか「真実」とされるであろう。

より多くの人に知られる。それが正解かどうか、筆者にはよく判らない。露月の在所で、実直に研究に勤しむ方々がいる。そのいとなみは、限られた時間と元手のもとに行われている。多くの人びとに判り易い筋書き、あるいはキャラクター性によって知られることで、あるいは豊かな予算が付くかも知れない。秋田の地に新幹線が通って三十年近くが経とうとし、関東圏からの交通の便は上がった。露月の在所からそう遠くない秋田空港の傍らには、国際的な教育に取り組むという大学ができ、教授のアレクサンダー・ドーリン氏が英露対訳の露月句集も出している。更に言えばインターネットがいまや津々浦々に波及し、人的な交流だけであれば距離は無に等しくも思える。石井露月という俳人の認知と定着には、ひとたび波を起しさえすれば、そう大きな困難はないかとも思われる。しかし一方で、その帰結として、露月とその句を弄ぶ者が、蝗のごとくに増えはしないか。波が、押し寄せているのかどうか。露月が知られれば、筆者のほかにも、露月の地を踏み荒しに来る者がいるのかどうか。

雲の峰洪水の音遠きより

掲句には雲の峰、洪水と、夏秋の季語が一つずつ含まれている。二つの季語は、何の気なしに並べ置かれているように見えながら、視覚と聴覚、両方の情報が入り雑じり、筆者は当惑させられる。この当惑は、季節の変り目に覚える、新鮮でありながらどこか落ち着かない気分そのものである。暑さの中で悠々と育ち切った積乱雲が、句頭にあって明瞭であるのに対し、秋の始まりを告げる洪水は、遠くからの音しか聞えない。句景は一瞬のものでありながら、その一瞬に到るまでの時間の流れと、その方途を確かに含んでいる。

ここにあるのは百年前の静止した景ではなく、動く時間にほかならない。何年前であろうと、何年後であろうと、句を読めばまさに目の前に解き放たれる、生きた時間である。景の一瞬、そしてそこに到るまでの時間の厚みは、句の中に残り続ける。読み手は、あたかも無きが如きに扱われる、露月が過した時間に、目にした景に、引きずり込まれる。

しかし、この予感は何であろう。このざわめきは。

秋田からの帰路、筆者は、東北旅行を続けるという大中道氏と別れ、一人北上線の列車に乗っていた。この路線は奥羽本線の横手から岐れ、山脈を抜けて和賀川沿いに下り、北上駅、かつての黒沢尻駅へ到る。露月が初めに上京した際に通った、という経路に近い道筋を、二両繋ぎの気動車は唸りながら登る。

昨日の夕方までの、露月についての情報の嵐をどう纏めればよいのか、筆者は判らないでいた。

解らないことのほうが多かった露月のことが、また、更に解らなくなった。性急に答えを出す必要はないのかも知れないとも、いまはまだ、それでよいのかも知れないとも思った。露月は文学者である前に、村の功労者である前に、ひとりの人間である。人が死んだといい、その人のすべてを知ることができるというのは、みずからもまた死にゆく存在であることを無視した、驕れる生者の戯言に過ぎない。仮に本気で、無邪気にそのようなことを思っているとすれば、その人はあるいは、現に眼の前にいるどの他者に向けても、同じ誤ちを犯すかも知れない。いま、生きている人の背景も、腹の底も、見尽し得ない。解る、などと誰が思えよう。人が他の人びとにできることは、解ることに近付こうとすること、だけであるかも知れない。

しかし、人が人に出会うことはできる。それぞれの、有限の生の時間の中にあって、解り合い得ず、割り切り得もしない他者同士の葛藤を抱えながら、それでもともに生きてゆくに違いない。

花野ゆく耳にきのふの峡の聲

昨日、高尾神社里宮の句碑に見た、露月の句が思い起された。

花野は、秋の季語である。車窓には白と黒、北国の冬の山峡が流れている。しかし季違いでありながら、きわめて鮮やかな句景が、眼に浮んでいた。この身はいま、いずれ「きのふ」になる景色の中にいる、と、筆者は思った。ずっと、旅を続けてきたのであろうか。時間を掛けて「花野」に至り、それでもまだ「耳」に残る「峡の聲」。山間のせせらぎ。その路を通る険しさの、記憶。「聲」で締めているが、この句にある静謐さは、「きのふの」と織り込むことで、それが心音であることをしかと附しているがゆえであろうか。

この句は、絶句であるという。露月の死は、不意に訪れた。脳溢血で倒れたのである。だからこれは、絶句ではあるが辞世ではなく、必ずしも死を、あるいはみずからの生の足跡を意識した句、というわけではないであろう。しかし、どれだけの「きのふ」を重ねて露月は生きたであろう。無限の、昨日。無限の、出会ってきた時間。鮮明に覚えていることも、忘れたことも、思い出したくはないこともあろう。それらすべてを経てきて、到り着いた「花野」。野は種を、子孫を遺さんと力を尽して花を咲かせ、冬へ向う。四季は止らずに進む。それぞれの光景の中にみずからの姿がある。露月は俳句の中にいる。いま、露月と出会っている、と思った。露月が俳句に遺した時間に、筆者は相対していた。

星々にはそれぞれの時間がある。他の星の動きがあろうとゆるがせにはならぬ、固有の時間が。

列車は峠を越えたらしく、エンジンの音が軽い。車窓が俄かに開け始め、北上盆地の雪田が眼の前に展がった。

北上から東北新幹線に乗り継ぎ、東京駅へ着くと、雪はもはや雨に変っていた。続々と到着する新幹線から、絶え間なく人が降りて来る。連休最終日の雑沓は、ホームから溢れて落ちそうなほどである。この、騒がしい上に騒がしさを重ねた、人の生存にほんらい必要な以上のもので埋め尽したかのごとき街が、昨日訪ねた、あの静かな女米木と同じ地平にあることが、信じられないような気がしていた。

露月は終生、郷里から生活の拠点を移さなかった。のちに中央俳壇の大御所となった兄弟弟子たちが訪ねて来ようと、動かなかった。

彼の句と生を見ていて、筆者はこうも思う。ひとつの身体に別の人生はないが、もうひとつの見方を得ることはできる。それは必ずしも、いま、この場を飛び越えたところのものではないのではないかと。

歩く目

河東《かわひがし》碧梧桐《へきごとう》

子どものころ、本で「考える人」の像を初めて観たとき、筆者のなかにある疑問が芽生えた。この、永く座り続けていそうな像の男は、かくも筋骨隆々の身体を持ちながら、なぜ、暗い面持ちで考え続けているのか。考えるとは、動いてもできるのではないか。彼が立ち上がって歩き出したとき、それは、大きな波瀾を起すときに違いない。世には動きながら、周りをも動かし、その潮流の中で考える人が確かにいる。河東碧梧桐も、そのようにして俳句を作った人ではなかったか。

彼を俳人という一語であらわしてよいかどうか、筆者には多少の迷いがある。碧梧桐は、多才の人に見える。俳句を作り、評論を書き、書をものし、謡曲を歌い、旅に歩き続けた。また、彼の作句は、その生の中にあって絶えず変化を続け、既成の概念を越え続けた。とは言え、彼の活動の大本は、まぎれもなく俳諧に根差している。

河東碧梧桐、本名秉五郎は、明治六年、愛媛県松山に生れた。伊予尋常中学のころから発句を始め、上京ののち、同郷の先輩である正岡子規に師事。文学の道へと入った。

青年期の碧梧桐は、熱量を持て余すかの如く、様々な方向に迷いを向けた。たびたび小説を書いては子規に酷評され、校風に馴染めず旧制高校を中退し、自棄のような放蕩の日々に入った。

彼が鬱屈から抜け出し、方向を定めたのは、子規に俳句を評価され始めてからに見える。碧梧桐の実験的な俳句への取り組み方は、その写実的表現と同じく、短詩を革新せんとする子規の姿勢を継いだものと言える。子規の死により新聞『日本』俳句選者を引き継いだ碧梧桐は、五・七・五の音節に囚われない新傾向の俳句を作り始めた。

子規門下にあったころの彼の句に、

赤い椿白い椿と落ちにけり

がある。碧梧桐の作では最もよく知られている、として問題はなさそうに思われる句である。

この句を読む者は、あるいは惑うであろう。「落ち」るとは、果して落ちている状態であるか、それとも落下の動作であるか。素朴に文法的に読解するならば、「落ち」「にけり」とは、すなわち、落ちる・動作が完了した、ということであるから、落下の動作がなされた、と読むのが妥当である。しかし同時に想起されるのは、読み手の眼の前にある、いま、まさに落ちた状態で静止している椿である。読み手が句の世界に臨場している以上、この「落ち」は、動作と状態のいずれでもある、とすることができはしないか。落ちる椿、落ちている椿、落ちた椿。落椿の静止は、動作を孕んだ、確かな軌跡を経たものである。

椿はいっぱんに、しなびようと、そのすがたをまったくして落ちる花である。厚く、みずみずしく、重い質感を保ったままの椿の花が、落ちる、落ちた、落ちている。その、瞬間にして人の眼を瞠らしむる鮮やかさは、どうであろう。

その繰り返しが、赤、白、赤、白と続く。筆者はやがて、椿の落ちる一瞬が持続する様子を、足下の一面に落椿が展がる様相を、この句の世界に見る。描かれた光景は、落花の、刹那の緊張のはずである。それに、椿が落ちているのは、木の下の一所のはずである。いつまでも咲き続け、いつまでも落ち続けているかのごとき錯視。一瞬にして地面に展がる様は、椿の鮮烈な、紅白の鮮やかな色合のためだけではあるまい。この句には時の流れと、その刹那の静止が併せ含まれている。かな、と詠嘆する観測者は、このなりゆきを眺めている。落ちる椿を、ただ、落ちるに任せている。椿は句の世界の中に於いて赤、白、赤、白、と咲き、また、落ちる。落ちる時間は句の中に連続し、永続している。この永続はやがて読み手に、一面の椿に覆われた足下を発見させる。そしてここにはあの、大きな不在がある。子規が鶏頭の句に知ってか知らずか織り込んだ、あの影の不在である。句の中の椿は、ただ落ちているのではない。もう少しで読み手の触れそうなところに、生々しさを保ちつつ、迫っている。

それにしても、碧梧桐の詠み振りに一貫する、ある種の鷹揚さ、おおらかさとでも名付けられそうな大きさが、俳句という器によく収まったものだと、彼の句を読んでいると筆者は思う。ここに於て彼は、まだ静止している。ゆったりとして、椿を落ちるに任す碧梧桐は、まだ、立ちすがたのままである。

やがて彼は、歩き始める。碧梧桐はこの器を、悠々と破ってゆく。しかしそれは、人が俳句と称ぶ、あるいは称びうるものであろうか。

よく見、よく考える碧梧桐は、よく歩く人でもあった。彼は新傾向俳句を各地に伝えるべく、全国行脚に出た。交通事情が改善されたとは言え、過酷な旅には違いなかった。彼はこの旅行を了えたのちも、折に触れて各地を巡り、外遊にも出た。絶え間ない移動の中にあって、碧梧桐の句風は動き続けた。

筆者が彼のあゆみから思うのは、ものをよく見んとするとき、人は身体をどのように処すか、ということである。

多くの人は、目の前のものに集中するべく、静止するのではないか。しかし、動いてしか捉えられない一瞬があるとすれば、どうか。

見ること、目を働かせることは、すなわち焦点を作ることであり、主観、恣意性がつきまとう。見る身体の思惑を超えるには、どうすればよいか。歩くこと。歩き続ける身体に、定まる中心はない。あるとすれば、歩く人自身である。客観はあり得ない。しかしこの時、主観だけということも、あり得ない。歩く間、景色は絶え間なく動き続け、襲い来る。

彼が唱えた無中心という境涯は、感覚が受け取り得るものを能う限り詩にせんとした、その帰結ではないか。不確かで定まらない、見ることの恣意性を離れた視界に入る、形に収まらない不意の一撃。

ちらばつてゐる雲の白さの冬はもう來る

次の季節の予感の加速、その確信という極点、そして、前途への感慨を示す余響。畳みかける修飾語のリズムを冬の一語が引き締め、余韻で緊張を解き放つ。掲句の精髄は、十七音に収められない。定型を悠々破った句の調子は、視点の具象から抽象への移行と絡み合い、ひとつの完成された景を提示する。切り詰めようがなく、伸ばしようもない、絶妙な破調。しかし音韻と結び付いた三部構成は、定型の五・七・五調の換骨奪胎にも取れる。俳句を飛び越えながら、この自由律には俳句が息づいている。

碧梧桐はみずからの作が五・七・五の定型韻律を離れるに順って、俳句という名辞に拘泥せず、短詩を名乗り始めた。彼は、俳句という名辞を標榜しつつ、無季自由律の一行詩にのめり込んでいった、荻原井泉水の『層雲』の、あるいはその系譜に連なる多くの人びとが営んだ運動よりかは、俳句というものに自覚的であった節がある。碧梧桐のあゆみは、変化を続けるという点で一貫していた。

その彼が人生の後期、俳句、という名のもとに作品をものしたことがある。門人の一人、風間直得の発案によるルビ俳句である。これは、句内の語に、本来の発音ではないが字義に通ずる訓みの振仮名を附すことで、視覚の側面、音韻の側面から、俳句に背景の複雑さや厚みをもたらし、表現の拡張を実現する、というものである。この形式は、必ずしも五・七・五の音韻ではない。俳句に発祥の糸口を有つ短詩であれば、一概に俳句という名辞のもとに称びあらわしていた、戦前から戦後の一時期に掛けての世相を映じてのことであり、同様のことは、栗林一石路、橋本夢道らのプロレタリア俳句などにも言える。

碧梧桐じしんのルビ俳句作品も、彼がもとより突き詰めていた破調はそのままであり、音韻の点からしても、また彼が一度、俳句という名辞から脱したことを鑑みても、果してルビ俳句を「俳句」と称ぶのが妥当か否か、筆者には、いささか疑問に思われる。ルビ俳句に対し、周囲からは詰屈で無理のある表現形式として非難する声が大きく、門人でも多くの者がついてゆけず、碧梧桐のもとから離れた。しかし、ルビ俳句の力点は俳句に留まらず、日本語表現そのものの拡張に及んでいる。彼はこれを短詩形で行おうとし、限界を突破しようと試みていたとは言えないか。

彼のルビ俳句には、たとえば、このような作がある。

温泉《ユ》を々々を溢れな手を肩を曲りな脚を

勉強不足、と言われればそれまでかも知れないが、風呂を浴びる心地好さをかくまでによくあらわした詩を、筆者は知らない。むろん、これだけで季は判らない。夏かも知れない。埃を、汗を、垢を流す爽快さ。あるいは冬かも知れない。頭の天辺から足の爪先までを、満遍なくあたためる心地好さ。しかしいずれにしても、春夏秋冬、どの季節でも通じる瞬間へ、この句は連れて行ってくれる。温泉は、風呂はいつも入るものである。いつ入っても心地好さを人に与え得るものである。温泉をユと訓ませるのは無理がなく、地名などの固有名詞にも例がある。たとえば石見の温泉地、温泉津はユノツと訓ませる。

この句はとにかく、「温泉《ユ》を」のリフレインが、また「な」のリフレインが、爽快の念を読み手に与える。ここに「温泉《ユ》」の動きが示されている。一所に留まらず、絶え間なく肉体を伝い流れる湯の躍動。いっぱんに、破調は長ければ長いほど勢いを損い易くなる。しかし、俳句の跡形を留めないものと視えながらも、この句には一片の短詩として有無を言わさぬ勢いがある。先に記した通り「温泉」の訓みをユと置き換える例は地名にもあるが、わずか一音に縮めてしまうのは、やはり大胆とも思われる。仮にこれを、オンセンヲ、オンセンヲ、と字面通りに訓んだとして、句の勢いは減殺されてしまう。

ルビ俳句の試みの中にあっては、ごく私的な、どこかつつましやかさを読み手に与える作も生れた。

老妻若やぐと見るゆふべの金婚式《コト》に話頭《カタ》りつぐ

金婚式を、コト、と訓ませる。夫婦両者の人生の節目と言える儀式を、この、たった二音の、きわめて一般的な代用表現に置き換えたことは、いかにも、数値的な時間には置き換えられない、長いとも短いともあらわし切れない厚みを帯びた歳月を、苦楽と葛藤をともに経てきた老夫婦の坐す、その時空をあらわすようである。老妻とともに、この句を作り、その時空を読み手の前に差し出している夫も、さだめし「若や」いでいるのではないか。「話頭」は、カタリ、と訓ませる。何度も、何度も、話に出したのであろうか。ごく私的な、匂いをも伴った、どこかあたたかみと割り切れなさを含んだ、碧梧桐であるかも知れない人が坐し、その妻であるかも知れない人が坐す空間が、筆者の眼の前にあらわれそうである。

俳句の単語に本来の音訓とは異なるルビを附す表現は、じっさいには碧梧桐より以前、風間直得よりもさらに以前、碧門俳人のひとりである中塚一碧楼が試みている。しかしそれは、一碧楼若かりし試行時代のことであり、長くは続いていない。碧梧桐は老年にこの形式と出会ってより、追究を続けた。かくのごとき当て字表現は、いま、文芸に限らず広く用いられているが、碧梧桐が遺したこれらのルビ俳句を見ていると、碧梧桐よりあとの世を生きる人びとが、彼に追い付いている、という念が、筆者の胸の裡には湧く。

碧梧桐の句は、句形、詠み振りの変遷の激しさも相俟って、捉えどころのない印象を多くの人に与えている。彼の句集も評伝も、全貌を記すことに成功したものは多くない。碧梧桐の実験は留まるところを知らず、晩年に至るまで続いた。

碧梧桐は弟子たちに振り回された挙句、みずから俳句の道を見失って行った、という見方がある。筆者は、彼の門人たちの強烈な個性を認める。しかし一方で、碧梧桐の営みの根拠がすべて弟子の影響にある、という見方には、疑いを持たずにおれない。もし、彼自身の意志に反して引き摺られていったとすれば、消極的に弟子たちの意見に追従したとすれば、彼が、あのような生き生きとした句を遺し得たかどうか。仮に意図した方向にあらずとも、みずから渾沌に飛び込んでゆくつもりがなければ、かくも鮮やかな作品を残し得たかどうか、という念が、筆者にはある。

老いた碧梧桐は、俳壇からの隠退を内外に表明した。創作意欲が衰えたためと言われるが、彼は、没する直前まで句を作り続けた。彼に回帰はなく、あくまでもがき、先へ突き抜けようとしていた気配さえある。

ここまで書いて、碧梧桐が死んだという事実が、筆者には諒解されない。彼は、後世で俳句に関る誰もが辿り着いていないところを、未だに歩き続けているようにも思えるのだが。

闇

松根東洋城《まつねとうようじょう》

薄暗い、開幕前の劇場の中は、装束を施した観客たちと、その囁き声で充たされている。口さがない、きらびやかな人びとの噂話。誰某があゝした、こうした、別の誰某が、ほかの誰某とどうした。あら、いやだ。そうね、まったくね、……

ベルが鳴り、照明が落ちる。静寂が訪れる。

賑やかな楽音にいざなわれつつ、緞帳がゆっくりと開く。眼の眩むような明るさとともに、舞台があらわれる。絢爛なしつらえの装置から、足音も高らかに、燦々とした衣裳に身を包んだ演者が姿を見せる。口上が、劇場の隅までをも余さず埋め尽す。喝采。

このとき、舞台から外れた部分を見ている観客はいない。劇の、おめでたいばかりのまばゆさを成立させるものは、舞台をくろぐろと縁取る圧倒的な不可視の部分、闇であるにもかかわらず。

劇は、舞台で繰り広げられる物語も含め、あとには残らない。演じられるその時だけのものである。また、区切られ限られた、光の部分のほかは見えない。どこか、傍から見た人の生に近い。どれだけ明々とした舞台を整えたところで、闇はぬぐいがたいどころか、却って深まるばかりである。松根東洋城という人物の俳句も、彼が俳句への向き合い方として執した人生修業という題目にも、筆者は、同じことを思わずにおれない。

東洋城こと松根豊次郎は、明治十一年、東京府築地に生を享けた。松根家は伊予宇和島藩家老の家柄であり、母敏子は、賢君として知られた幕末期の藩主、伊達宗城の娘である。家柄は高貴であり不自由はなかったが、裁判官である父の転勤に伴い、豊次郎少年は各地を転々とする。やがて一家の生活は、故里と言うべき愛媛県に落ち着いた。豊次郎はここで小学校を卒業し、生涯の師となる漱石夏目金之助と出会う。英語教師として旧制松山中学へ赴任した漱石を通じ、彼は俳句に親しみ、正岡子規の知遇を得た。やがて旧制一高、そして東京帝大へと進学、病を得てのちは京都帝大へ転学、卒業。その後は宮内官僚として勤める。この間、彼は一貫して漱石、子規から句作の指導を受け続けた。

これが、松根東洋城の略歴である。華々しいと言えば、あまりに華々しいと言える。彼のこのあゆみのどこから人生修業なる命題が出て来たか、筆者には、摑みかねる所がある。東洋城は句作にあたっては厳しく、彼が立ち上げた『澁柿』の句会は道場と呼ばれた。生活に於いては放浪にも等しい旅と転居の連続であり、家庭を持たなかった。

そのような作句生活の中で、東洋城は、俳句は写実のみではない、芭蕉に帰れ、生命をして打ち込めと説いた。当時の流行は、子規と、その弟子の影響に始まる蕪村礼賛と、客観写生であった。東洋城は人生といい、修業という。しかし生の中で湧き出る闇は、生からは切り離せない。かく語る東洋城にも、人間関係の困難があり、彼自身からは語られない闇があった。闇は、孤独と言い換えてよい。理解はおろか、垣間見られることさえない、まったき孤独。

金銀瑠璃硨磲瑪瑙琥珀葡萄かな

掲句は、東洋城の代表句とされるもののひとつである。いかにもこれは、きらびやかな上にもきらびやかな作、と取られるかも判らない。列挙された宝物類の末席に葡萄を並置することで、あの鈍く耀る甘酸っぱい秋の果実を、珠のごときものに称揚する句、と読み取られることであろう。しかし筆者は、思う。この句から感じ取られる、どこか不安な、穏かならざるものは、何であろうか。かくまでおめでたい様子に見えるこの句が、読む者に与える不安は、どこから来るのか。

構造を見ると、十七拍連続する体言に切字を附し、末句切となっている。この、宝物の羅列を締め括る葡萄に附された、「かな」の二音は、平仮名である。この詠嘆、感慨を示す一言を、哉、と漢字にしなかったのは、それではくど過ぎるという判断から、字面を整えるために平仮名へ開いたのか。しかしこの平仮名は字面を整えるというには、漢字の畳み掛けで生じた均整を崩し、むしろ勢いを和らげ、減じさせている。切字「かな」が、この句にあって平仮名でなければならなかった必然性は、何であろう。句から享ける不安の在処は、筆者には、ここにあるものと見える。

この平仮名二字は、漢字の硬質な世界の中に開いた、きわめて小さな亀裂であり、観測者のまなざしの入り込む間口である。金、銀、瑠璃、玻璃、これらはみな硬質な物体であり、それなりの管理を施せば喪われるということはまずない。しかし葡萄は、そうではない。いかに涼しいところに蔵したところで、いずれは饐え、潰れ、腐臭を放ち始める。その輝きは、ごく限られた時間にのみ許されたものである。葡萄の柔らかさ、脆さ、潰れやすさを読み手へ想起させるに当り、この、末句の平仮名が効果をもたらしている、とするのは考え過ぎであろうか。仮にこの「かな」が漢字の「哉」であれば、それこそ、単に葡萄の豪奢な様子をあらわすだけの句に留まっていたに違いない。これは句の外の妄想に過ぎないが、葡萄に並び置かれた色とりどりの宝物もまた、葡萄に同じく、喪われる予感が、不安が襲う。

筆者は、作品は作者の生き方のあらわれであり、その価値観の表明である、という見方を全面的に容れることはできない。作品は、技術と操作の乗算である。そこから立ちあらわれる世界が現実そのものではない以上、その見方はあまり素朴に過ぎるものである。さらに言えば、作品、ひいては作者への冒涜ともなりかねない。殊に俳句というきわめて短い表現形式に於ては、この側面が非常に大きく出る。操作と技術が十全でなければ成り立ち難い。しかし一方で、操作と技術がすべてを占めるわけでもない。その外、作り手の背景が含まれること、あるいは滲むことは、他の形式と同様に有り得る。かくのごとき視座を含んだ作を差し出してくる作り手は、いかなる背景を負っているのか。いや、知ろうとするだけ、詮無きことであるかも判らない。どれだけ近くにいる者であろうと、どれだけ付き合いの長い者であろうと、内面など、どれだけ伺い知れよう。不可視の部分が人を生かす。またこの部分が作品を生かし、作品を活かすことが、有り得るのではないか。たとえば東洋城後期の作「あだし野」連作十句は、作品それ自体の殺気によって筆者の背筋に冷たいものを走らせる。それとともに、彼のあゆみの華やかさ、ほかの句の煌びやかさとの落差に於て、何か、人間の触れてはならない部分を思わせもする。作品の向う側にたゆたう闇が、音もなく膨らんでくる。

捨てに行く骸が上の落花かな

仏文学者の桑原武夫が、戦後まもなくに記した俳句批判の短文「第二藝術」に、人生の近代化、という文言がある。言葉尻を捕えるようではあるが、筆者は、近代化された人生などというものは存在しないのではないか、と思う。人間が時空の否応なき大きな流れとともに変化し進歩する、という見方には、疑問を抱かざるを得ない。いずれの時代、いずれの世に於いても、人の生は、人の生としてあるだけではないのか、と思える。他者から見た一人の人間の不可解もまた、そこに付いて回る。

店舗《みせ》切れて石垣寒く曲るかな

掲句には「家路品川」との前書がある。それを含めても、ここに記されているのはそれだけの、ただそれだけの景色に取れる。しかし、「寒く」という一語を超えた「寒」さが、もっと言えばとてつもない寂しさが、一瞥した筆者を襲うのは何故か。句にある品川の街の実際の光景を、筆者は知らない。しかし、ここにあらわされている瞬間を、筆者は、いや、多くの読み手は、じつは既に知っている。知らないのであれば、体験しておいて忘れているのかも知れない。場景から炙り出されるのは、平明な物語の筋に回収されない景中の人物の孤独であり、それはまた、鑑賞者の孤独でもありはしないか。

使い古された文句ではあるが、虎は死して皮を、人は名を残す、と言われる。東洋城は生前、一冊の句集をも残さなかった。いまに遺る東洋城の全句集は、彼の没後『澁柿』の門人が編んだものであり、単体の句集はほかに公刊されていない。東洋城が己の身を、自らをして歴史の闇に葬ろうとしたのかどうか、筆者には判らない。

しかし、それでよいのかも知れない。俳句は俳句として、あとに残るであろうから。人の生、人の思惑、その時間をも包み込みながら。

いつものことば

岡野知十《おかのちじゅう》

「俳句は、難しい」

と、よく言われる。

筆者も、そう思う。周りの人々からも、しばしばそのように言われる。

もっとも、「難しい」というのは、主観である。何がどう「難しい」かは、人に依るであろう。

作り手と読み手と、その両方を兼ねた人と、あるいはさして関心のない人とでも、受け取り方が変って来るかも知れない。

たとえば、筆者が俳句の作り手として「難しい」と思うのは、短い音韻の内にどのように語を配置すれば、より効果的に、読み手に情報を受け取って貰えるか、ということである。

しかし、周りの人々が一番多く話すのは、

「どう楽しんだらよいか判らない」

ということである。

聞いていて、そうかも知れない、と思う一方で、不思議な気分になる。

言うまでもなく、俳句の基となる要素は、ことばである。古典的な用語や文法を用いるのであればいざ知らず、そうでなければ、この十七音を構成するのは普段遣いの、いつも口に出し、紙に書いていることばである。一から十七まで、すべての意味内容が伝わらないことは殆んどないであろう。

問題は、その先である。

「蛙が池に飛び込む。だから何なの、って思う」

決して、読み手の嗜好や価値観に問題があるわけではない。いつものことばだからこそ、その短い区切りであるからこそ、俳句は、往々にして「難しい」のではないか。日々のことばも、ことば以前の認識も、連綿と続いている。これらは大仰な「芸術」のためのものではなく、生活の中で点々と生れ、淡々と過ぎてゆく。その一点ごとに、十七音で切り取られうる小さな出来事に注意をはたらかせることの方が、遥かに少ないのではないか。

一方で、俳句をする人は非常に多い。毎年、多くの入門書が出版され、テレビでは芸能人の俳句対決が人気を集めている。思えば、俳句ほど気楽に始められる趣味は、そう多くはない。ペンと紙、それに歳時記さえあれば始められるのだから。しかし、続ければ壁にぶつかる。十七音であれば俳句になるのか。季語さえ入っていれば、受け手に季節を感じ取って貰えるのか。それで果して、俳句になるのか。

ここでゆきづまりを打破しようと、短い音韻に目立つ要素を組み込むことは、たやすい。奇想天外な造語や取り合わせを込めさえすれば、それで済む話である。しかし、奇抜なだけ、目新しいだけのものであれば、その瞬間その場限りの注目を受けたところで、時が経てば塵さえ残らない。

なるほど、「俳句は難しい」。それも、いつものことばを踏み超えて奇を衒う欲に耐え、踏み止まりながら俳句を作ることは。

ここに至り、筆者は、俳人・岡野知十のことを思い起こしている。

知十は安政七年、蝦夷様似で生を享けた。出生名は木川正之助敬胤。父直右衛門は下級幕吏で、同地詰の調停役人として勤めた。正之助は物心が付くか付かぬかという時分、父の転勤に伴い箱館へ移ったが、折しも新政府と幕府の軍事的緊張が同地へ及ぶころであった。直右衛門は新政府の役場へ仕事を引き継いで職を辞し、戦火を避け、一家を挙げて上京した。

長じた正之助は叔父の家へ養子入りし、姓を岡野と改めた。箱館から名を改めた函館の街へ戻り、『函館新聞』記者、小学校教師、宣教師など、職を転々とする。新聞社では父譲りの文才を発揮し、主筆として勤める傍らで俳誌を編纂するなどした。のち、ふたたび上京。函館時代と同様、新聞社に籍を置いた彼は、俳壇と俳句にまつわる随筆を連載、好評を博す。一時期は尾崎紅葉らの俳句結社、秋聲會に出入りもしたが、俳風が合わず短いうちに離れた。一方で子規らの日本派にも接近せず、みずから俳誌『半面』を立ち上げ、半面派、あるいは新々派を称する。実作の傍らで俳書の蒐集にも取り組み、俳画の研究をもとに「図案式俳句」を提唱した。

知十の生のあゆみは、その俳句と同様、のびのびとしたものと筆者の眼には映る。彼は少年期から青年期に掛け、社会が音を立てて変貌してゆく様子を目の当りにしていた。実生活の上でも、在所の変転というかたちで、否応なしにこの変化に巻き込まれていった。かくのごとき経験があればこその余裕、だったのかどうか。

江戸から名を改めた東京から、青年知十はわざわざ函館へ戻っている。開花の真直中にあった東京には、幾らでも食い扶持があったはずである。ふるさとが彼を惹き付けたのかどうか。

彼が少年期を過した函館の街を、筆者は、何度か訪れたことがある。北海道の集落、といっても江戸後期から現在に到るまで倭人が切り拓いた集落は、札幌や旭川のようなそれなりに大きい街であっても、人びとが、家々が、一所に硬く固まりながら棲んでいる、という印象を筆者の眼に与える。特に様似や箱館のような海沿いにあっては、風雪のきびしさが、そのかたちを要請するのではないか。生物としてのヒトが、本来その中にあった自然から、堅固に区切られた人工の世界を作り出そうとしている様子に見える。これは何か、言葉の世界を思わせる。都市、と言い換えてもよい。江戸、東京と同じく、多くのものが流れ着き、流れ去り、抽象化され、分節化される世界。後年は東京へ戻ったとはいえ、知十は、この中で活き活きと生きていたのであろうか。そのように感じさせるものが、記憶の中の函館の街にはある。

言葉の世界。その入口は名であり、名を附す行為と言える。筆者は知十の俳号、さらにその別号について考えている。俳人が別号を持つことは、特に珍しいことではない。ただ、知十はことのほか多くの別号を持った。綠雨、正味、半茶堂、半面子、古鮟窟主人、味餘亭、我物庵傘雪、月庵、月賓生、省齋、風片生、鶯日居。彼は、言葉の世界に遊ぼうとしたのであろうか。

遊び。

俳諧を修行の、生きる道と取ることがある。しかし同時に遊びという側面は、否定できない。むしろ、本筋はこちらと言えよう。たとえば俳句が巧いことによって、食うのに必要な米が作れるのであろうか。俳句が巧いことによって、腹が膨れるのであろうか。多少の銭を稼ぐ道を見附けることができたところで、俳句はそもそも、生存活動そのものには何らかかわりのないところにある。幾ら理屈を並べたところで、このことは、変えようのない事実としてある。

一方で、筆者は思う、そうであるがゆえに、俳句も、そこに携る人の営みも、生きるのではないかと。生活、ことば、その往還の中に、詩の生きる、詩が求められる瞬間があるのではないか。

俳壇を見つめながら、自らも好んで俳句を作った知十は、子規の日本派に相対し、俳句は趣味なるべし、と喝破した。このように書くと、いかにも烈しく好戦的な人物に受け取られるかも知れない。しかし知十が遺した句には、悠々とした詠み振りのものが多い。目の前の景に、そこから浮び上がることばに、目覚ましい一瞬が既に含まれているようである。

春風や澤菴石を知十墓

死にまつわる句でかくも明るい詠み振りのものを、筆者は知らない。冬が去り、暖かな風が吹く景の中に、石が置かれている。初冬、澤菴漬けの重石に使われた、何の変哲もない、名もない石。たとえいま死ぬとしても、数多の命が生れ出る春の中にある。だから自分の墓はそれでいい、と言いたげにも思える。その素直さが筆者にはまぶしく、愛おしい。

生前の知十は、みずからの句を積極的には書き留めなかった。いつものことばは流れ、消えてゆく。しかし消えゆくからこそ、ふと足を止めるような、胸の裡に留めようと思われる瞬間が、あるとは言えないか。その刹那に後ろ髪を引かれたとき、人は、あるいは俳句に向うのかも判らない。

新世界

内藤鳴雪《ないとうめいせつ》

人の世が移り変る時、おびただしい量の血が流れなかった例を、筆者は、寡聞にして知らない。

しかしまた、一瞬にしてすべてが変ってしまった例も、筆者は知らない。政治にせよ経済にせよ、人の動きには中心があり、周縁があり、また時差がある。中には、ある特定の地域と、そこに住む人びとが、動乱のある一定の時期を、ごく静かなうちにやり過してしまうこともある。

たとえば、伊予松山藩の幕末などが、そのような情況に近かった。

久松松平家が治めたこの親藩は、維新の動乱期、第二次長州征伐の前衛に駆り出されたことを除いては、騒擾らしいことにさほど巻き込まれず、幕府と新政府の軍事衝突に当っては、賠償金を払うことで領内の戦火をのがれた。

同時代にしては比較的穏かとも言えるこの環境下で、藩士の一人である鳴雪内藤師克は、少年期から青年期にかけてを過した。

多くの人びとの口から、一個の独立した人間というよりかは、正岡子規の同郷の先輩にして俳句の弟子として語られるこの人物は、弘化四年、江戸城下三田の松山藩中屋敷に生を享けた。初名助之進。父房之進同人は常府勤めの上級藩士であり、助之進出生の頃は側役として藩主に仕えていた。

助之進少年は、黒船が来た頃の江戸で成長する。父から漢籍を習い、読み物を好む一方で、寄席などの芸能にもよく親しみ、若い好奇心を満たした。十一歳の折、父の転勤に伴い故国松山へ移住、藩校明教館で学ぶ。

元服し、師克と名を改め、藩吏としての一歩を踏み出した彼は、先に述べた長州征伐へ駆り出される。しかし、師克が前線へ出ない間に幕府方は潰走し、戦闘は終った。松山を遠く離れた中央政局は目まぐるしく動き、鳥羽伏見でまたも幕府軍がやぶれたのち、藩領は土佐藩の預りとなった。

師克の動向もまた、目まぐるしい。明治初年、藩から学問修業を命ぜられ、京都、東京と移った。のち、また松山へと戻った彼は、廃藩置県を経て県の教育行政に深く携り、やがて文部省へ出仕することとなる。この間に、名も素行と改めた。

ここまでが、『鳴雪自叙傳』に記されるところから見た、彼のあゆみである。

この自伝に目を徹すと、単なる記録資料を読み解くというより、現に生きている人の話を、隣にいて聴いているような心地がする。文中には、生活のこと、趣味のこと、仕事のこと、関った人々のこと、それらを取り巻く社会の状況が、地続きに展がるように記されている。記述の調子には誇張も卑下もなく、飛躍もない。ひたすら淡々としながらも、内藤鳴雪という生ま身の人間の体験が、その時の温度や匂いを伴ってまで伝わりそうである。

むろん、自伝とは回顧録であり日記ではない。この恬澹とした筆遣いは、昔日に思いを馳せる、老いた鳴雪の穏やかさと言えるかも知れない。しかし、筆者には、ただごとの穏やかさとは考えられない。単に、古郷が戦地にならなかったがための、心持の静けさではないであろう。たとい肉身をして戦場を味わわなかったとしても、世は、激しく動いていた。彼の在所松山もついには無関係でいられない。動乱は戦火ではなく、形なき、制度の変化として訪れた。一日先の仕事、生活がどうなるかも判らない。鳴雪は、若いころは開化を志向した、と記すが、生計上の必要に迫られた側面があったのではないかとも思わせる。彼はその間をひたすらに働き、生き抜いた。

しかし、思考を止めての勤めは、長く続かない。やがて役場勤めに嫌気が差し、精神的にも追い詰められた素行は、定年を待たずして退職。前年から勤めていた、松山出身の学生のための寄宿舎監督に専念することとなった。

世が新たな局面を迎えることは、桎梏からの解放ばかりを意味はしない。解放されることで崩れる、旧世界の制約によって生かされていたものは、むしろ放逐されることで当て所を喪い、迷いと衰弱のうちに滅びゆくことが一般である。人は、みずからを構築する周囲の世界が崩壊してゆくのを認めた時、何をするであろうか。落ち込んでいった末、果して、何によって恢復しようとするのであろうか。そのような念が、ふと、筆者の脳裡を過ぎる。

筆者に思い起されるのは、詩歌から散文に流れた作家たちのことである。彼等の多くは、社会の根柢を構成する、ある一部分が不可逆的に変質し、滅ぼされてゆくのを目の当りにしながら、生き残った人びとであった。吉本隆明、上野英信、松下竜一。詩では足りない。もっと細かな言葉を、もっと多くの言葉を。彼等が真にそう思ったかどうか、筆者には判らない。しかし彼等の作品には、時代に抗う人びと、姿を消してゆく光景、そして棄民のすがたが、その土台が、詳らかに記されている。この路線変更はとりもなおさず、彼等が言葉によって作品をものすに際してのひとつの態度を、あるいは言葉そのものへの認識の一端を示しているのではないかと、筆者には思われる。彼等の中では詩も散文も、形式を変えたところで、言葉の有つ意味は変わらなかったのではないか。すなわち彼等の中では、言葉が、どこまでもものごとを提示するという、情報伝達の手段であったことを意味しているのではないか、ということである。なるほど、言葉は言葉である。言葉そのものについて考えるとすれば、詩の言葉、散文の言葉、という区別はありようがない。詩と散文を分け、規定するものがあるとすれば、いささか乱暴な見方かも判らないが、放たれる語彙の多寡と体裁、言うなれば用い方、型式に過ぎないであろう。この見方に従うとすれば、散文であれば明晰に記しやすく、具体的に述べ上げやすく、幾らでも連ねることができ、みずからの世界観を、意味の世界を容易に構築し、提示することができるであろう。

圧倒的で、生ま身の人間の生を擂り潰しかねない現実の前には、詩歌は、いや、言葉そのものはまったくの無力である、という措定がある。なるほど言葉にできるのは、それら惨禍の痕のひとつひとつを確認し、分節し、みずからも含めた人びとの理解の材料に供し得るかたちで残すこと、だけであるかも知れない。その点で、言葉とはつねに事後的であり、二次的である。崩壊したものを再構築する役割。これに従うとすれば、彼等の態度はある意味で素朴にして、またある意味では自然、と言うこともできる。文語にせよ口話にせよ、絶えず言葉を残さないではいられないというのは、みずからがいま、ここに生きていることの証が、というよりかは、自明の理として検討さえされないこともある、生の妥当さの実感が希薄であること、つまり危機の謂ではあるまいかと、筆者には思えてくる。それは、絶えず人工の世界を構築していなければ、みずからの生存が危うい感覚の、つねに足場が崩れ掛っている実感のなかで生きていることを意味する。筆者の、長いとは言えない生のあゆみの中でも、饒舌な人の安んぜざる胸の裡を垣間見たことは、一度や二度ではなかった。人によって背景は異なる、と言われてしまえばそれまでかも知れないが、仮に、書き言葉を扱い得る、言葉を用いて制作を試みる一人の人がいるとして、その人が何かを書こうとして書くことができない、ということは、その時はまだ書く必要がなく、まだ書かずともよい、ということを意味はしないか。さらに言うとすれば、職業作家であればともかくとして、書けないことに苦しむ、ということは、ある種の価値の倒錯とも思える。巧く書き得ずとも、迫られて何かを書かなければならない者は、書かなければならない、と思う前に書いている。

しかしそうとすれば、すべてが変ってしまったのちに散文ではなく詩歌を始め、主軸にするとは、俳句を作り出すとは、いったい、どのようなことであろうか。彼等はなぜ、散文ではなく、詩歌でなければならなかったのか。

素行が同郷の青年、子規正岡常規に出会ったのは、彼が寄宿舎の監督となったころである。この時彼は、同時に、俳句にも出会っている。松山藩では安永のころから俳諧が盛んであったが、素行は壮年に至り、この若者と見知るまで、嗜むことはなかった。二十歳も年下のこの青年を師と定めた彼は、句作に励み、その傍らで蕪村、芭蕉を研究した。この成果は複数の評釈書や俳論に纏められている。

素行はたまたま子規に、いや、俳句に出会ったから、俳句を始めたに過ぎなかったかも知れない。しかし、始めることと続けることとは、まったく別の話である。彼は、何事も成行に任す、ということへの当て字から、成行、ナリユキ、鳴雪、と号したと語る。それでも『ホトトギス』に於ける鳴雪の活動から、筆者は、受動的なものをほとんど覚えない。周囲の変化を生き残った者たち。彼等は危機を迎えながらも生きねばならず、生き直さなければならない。彼等はまだ滅んではおらず、渦中にあり続けている。その中で、詩歌を通して言葉を重ねること。それは毀れた世界の恢復、復旧というよりかは、新たな世界の構築だったのではないか。見る者にそう思わせるほど活き活きとしたものが、彼のいとなみにはある。仮に言葉の記された地点が過去であろうと、あらわすものが過去の事物であろうと、詩からたちあらわれる時空は、つねに現在であり続け得る。その現在とは、言葉によって構築される、もうひとつの世界である。それを目にする者がいる限り、読まれる時、読まれる時で、みずみずしく展開する、歴史、地理、社会構造には規定されず、永遠の現在として存在し得る。そうとすれば、俳句の短い言葉の列の中にある何ごとかは、百篇の尽された言葉に抗し得はしないか。

世が、息も吐かせぬほどの変質を続ける中で、続いているものがある。この肉体がそうであり、生活がそうであり、俳諧もそうであった。

更へ〳〵て我世は古りし衣かな

過酷な夏に向けての準備、更衣。その衣は幾年もの時を持ち主と共に重ね、古びている。しかしこの句から、枯れた穏やかさと共に感得されるみずみずしさは、一体何であろう。古いはずの夏衣が、毎年、更衣のたびに生命を吹き込まれ、持ち主と共に、老いると同時に時空の枷を乗り越えもするかのごとき、ふしぎな感慨を筆者に与える。

鳴雪の生を思うとき、新しい世相に追いつこうとせずとも、生活も、生命も、穏やかにして、しかし倦みはしないのかも知れないと、筆者は思う。何ごとかに賭ける限り、すぐ傍らに、見たことのない世界が開けているのではないかと。

日記の奥

五百木飄亭《いおぎひょうてい》

明日がどのような一日となるか、少しでも判る者が、果して、この世にいるものであろうか。恐らく大半の人にとって、今日という日は、昨日の続きに過ぎないかも知れない。明日もたぶん今日と同じか、それに近い日になるだろう――と、思うであろう。

しかし、実際には今日は、昨日とも、一昨日とも違う一日のはずである。明日もまた、単なる今日の延長上ではない。日常は、言い換えれば生活は、ごく小さな、しかしふたたびは来ない一瞬、一瞬の判断と行為の、その結果としての小さな変化の積み重ねである。変化はごく小さく静かであり、ほとんど気付かれない。差し引きとしての事件は、気付かれぬうちに忍び寄ってくる。時は続いても、昨日と同じ今日、今日と同じ明日など、来はしない。みずからの身に何が降りかかるかさえ、判りはしない。

筆者はここで、一瞬一瞬を大事に生きましょう、などと、教訓めいたことを書きたいわけではない。むしろ、大事にしたところで、いや、大事にするからこそ、襲い来る変化と事件に対処する、いかんともしがたい困難と惑乱とに思いを寄せている。生活は、さほど劇的ではないはたらきの蓄積でありながら、なんと困難であることか。

社会に於いても、みずからの身辺に於いても、情況は少しずつ、しかし確実に変化する。時は止らず、障壁はまったくの不意に訪れる。うかうかすれば消し飛ぶ。ひとくちに生活と言えど激浪である。この中で、はじめから確固とした志を有つ人は少ないであろうし、また更に、その中でも、順風満帆に志を貫き徹した人など、ほとんど見当らない。

古人の伝記を読んで足跡を追っていると、時折、一筆書きとも言うべき、道筋も目的も初めから決められていたかのような書き振りに、出会うことがある。しかし生ま身の、ひとりの人間としての彼等の生は、実際には、不意と戸惑いと、迷いの連続だったのではないかとも思う。

例えば、ここに飄亭五百木良三という男がいる。彼の職業、あるいは肩書は、俳人、医師、ジャーナリスト、政治活動家、扇動者、テロリスト、出版経営者、国士と続く。どこか、とりとめがない。しかもこれらの職は、その名を以て称ばれるには、準備や実績が必要なものばかりである。良三は一つ一つを疎かにせず、それぞれに力を込め、のめり込んだ気配がある。とめどなく流れる生活の中で、彼は、なぜ俳句など続けたのであろう。

五百木良三は明治三年、伊予松山城にほど近い小坂村に生れた。父作平は松山藩士。長じて松山県立医学校へ入学する。彼には向学の精神があったが、医師となることは本意ではなく、医学校でなければ学費は出せないとする父の意向であった。しかし勉学は抛棄せず、修業に勉め、医師試験に合格した。

この時点で良三は未成年であり、開業許可を得られるまでに間があった。空いた時間を利用し、ドイツ語を修めようと上京した良三は、やや年上の文学青年、子規正岡常規と出会う。

良三は子規と文学についてよく論じ合い、俳句をものし、子規の讃を受けた。間もなく日清戦争に看護兵として出征、新聞『日本』に従軍日記を連載し好評を博す。帰国後は記者として活動するうちに政治活動へ没頭、貴族院議長・近衛篤麿のブレーンとなる。やがて子規、篤麿が相次いで病に斃れると、良三の活動はより過激な方向へ傾斜してゆく。

これが、彼の人生のあらましである。

五百木良三の生を、死の地点から遡って見ることのできる身からすると、彼のあゆみは、一貫していると見れば見える。とにかく立身、立志しようとしてきた、という見立てを以て、彼の生を解りやすく裁断することもできる。だが同時に、良三は不意の衝撃を、その折々で必死にしのぎながら、大幅な回り道に至ったのではないかとも思われてならない。彼が人と交わらない、人から影響されない孤独の時が、果してあったのかどうか、とさえ思われる。

客断えて風鈴の音一しきり

良三が句作に力を入れたのは、子規と出会った青年期と、晩年の二期に分れる。晩年の句作は、本人の弁では人から請われて始めたというが、テロ事件に連座し、官憲から日記を押収されたこともきっかけであった。

掲句は、辞世である。おとずれた人はみな去った。そのあとの風鈴の音。風鈴は、耳に心地の好い音を立てるが、その音色は限られている。一しきりとはいうものの、これを、いつまで聞いているつもりであろう。この句から、寂しさを感じる人があるかも知れない。しかし筆者がこの句から享ける、いかんともしがたい疲弊は何であろう。じきに秋が来る、そのような予感と焦燥もが滲みそうな、この疲弊は。

仮にそれが日記の代替であろうと、俳句は俳句である。みずからのことについてさえ、人ひとりの生についてどれだけ紙幅を割こうと、その一片さえ語れないものであるかも知れない。しかし、困難な一瞬、一瞬の感慨を残しうる、言葉の向う側に連れて行ってくれさえするのが俳句とは言えないか。良三の句日記を読んでいると、筆者はそう思うのである。

才気のゆくえ

大須賀《おおすが》乙字《おつじ》

文学をすることと、文学を生活の手段にすること、またあるいは立身の手段にすることは、いささか狭量な立場を取るとすれば、異なる問題と言うことができる。

飯の種としての「文学」は、虚業のひとつと見做しうる。たとえば同じ文章、あるいは書物が、誰かが一円と言えば一円となり、ほかの誰かが百万円と言えば百万円ともなる。相場は、その時々の組織、ないしは人間どうしの関係によって、いかようにも変る。曖昧模糊として摑みどころのない、魑魅魍魎の稼業と言えば言える。才気があれば、舌先三寸筆一本でいかようにも稼ぐことができる。分野の別はなく、才気が論を生み、論が作品を生む。作品から、また論が生れる。内容がどうあれ、読み手を刺戟しさえすればすべては済むのだから、と、本気でこのように考える者がいないと、誰が言い切れよう。

彼等は同時代の、その時、その場の問題の熱量で読ませる。かくのごとき作品の有効性は薄れやすく、失せやすく、殆んどは瞬く間に旧び、忘れ去られる。著しい普遍性、たとえば人が生きる宿命のようなことに届くもののほかは、残らない。

むろん筆者は、職業作家たちすべてが、現在をのみ生きる、舌先ばかりの野心の徒である、などとするつもりはない。しかし人は、本心とは異なることを言葉にできる。心変りということもありうる。仮に本心を言いあらわそうとしたところで、遺漏なく、完璧に言葉へ置き換えることなど、できはしない。だから判らない。大須賀乙字という俳論家が、果して真に、単なる口巧者であったかどうか。

大須賀績《いさお》、のちの乙字は明治十四年、福島県相馬郡中村に生を享けた。父次郎筠軒は昌平坂学問所に学んだ漢学者であり、陸奥平藩に出仕、維新ののちは師範学校などで教鞭を執った。さらにその父、神林福所も佐藤一齋門の儒学者であり、績は、二代続く高等教育者の家系に生れたことになる。彼もまた、旧制宮城一中から第二高等学校、東京帝国大学国文学科と進学、知識人としての修業時代を送る。

俳句は、旧制中学の頃から始めた。新聞に投句し、東大時代には河東碧梧桐へ師事、荻原井泉水らと句作に励んだ。

乙字は実作者であったが、彼が大きく世に出るきっかけとなったのは、その俳論であった。

明治四十一年、東大在学中に雑誌『アカネ』へ「俳句界の新傾向」を発表。師、碧梧桐の句に論理的な裏付けを施し、表象論の面から新しい俳句の可能性を唱えた。この評論の題から、碧梧桐門下に於ける俳句の潮流は「新傾向俳句」と称ばれることとなる。ここから彼は、俳論で辣腕を振るい始めた。

言うなれば乙字の論は、碧梧桐の句という骨格に与えられた肉にして臓腑であった。肉体を有った句はしかし、自律し、歩きはじめる。碧梧桐と門下生たちは、それぞれに新たな形の俳句を突き詰めてゆく。井泉水は無季自由律へ、碧梧桐は短詩へ。論を突き抜け、彼等は、乙字の思わぬ方向へ進んだ。

やがて結社内の対立により、乙字は碧梧桐と袂を分かつ。そののちは臼田亞浪を援助、『石楠』を創刊し、碧門でも『ホトトギス』でもない独自の俳句の道を模索するが、幾年も経たずして亞浪とも決別した。

同時代人の乙字への評は、芳しくない。傲岸不遜、変節漢、俳論にかまけて実作を疎かにしている、云々。かくのごとくにまで言われながら、彼がひとりで、自律しながら俳句に取り組んでいた期間は、年譜を見る限り非常に短いものと見える。あちらこちらを行き来しながら、殆んど必ず、誰かとともにあろうとしている。あるときは碧梧桐に依り、またあるときは亞浪に依り、別のときには村上鬼城に依る。彼は、みずからの才気をして渦を起したかに見えながら、その渦に巻き込まれ、溺れていったかに見える。溺れないための支柱が、ほかの誰かが欲しかったのかどうか。しかし創作とは窮極的には、ひとりで取り組むものではないのか。

我が庭に育ちし小鴨飛びにけり

たとえば乙字の作に、このような句がある。意は、解きほぐすまでもない。ただ、それだけの景に読み取れる。それがなぜ、詩として成り立つか。

掲句は上五冒頭より、我、と主観を前面に押し出し、その庭で育った小鴨、と連ねる。鴨が成鳥となるまでの時間、思い入れ、感慨。それは詠み手だけのものであり、他の者が知る術はない。しかしそれまでの時間の積み重ねは、少なくとも、伺い知ることができる。下五の、鴨が飛び立ってしまう動作は、主客の別を問わず、確かに目の前にある。共にあった鴨がどこへゆくか、誰も知りはしない。そのさびしさ。主観だったものが共感へ解き放たれる、この一瞬。余韻が、読者の感興を喚起する。人生に必ず従いて廻る孤独の時間がなければ、この句のための瞬間は、作り手に訪れ得ない。詠み振りはひたすら平易ながら、読み手に情感を興さずにはいない。

筆者は、思う。かくのごとき句を詠み得た人が、ほんとうに、誰かに依りながらでなければ、俳句をできなかったのだろうかと。

どの伴走者とも別れた乙字は、一人で俳句に向き合い得る時間を得たはずであった。しかし、再起の機は訪れなかった。乙字は亞浪と別れた翌年、当時世界的に蔓延していたスペイン風邪に罹り、こじらせた。安住の位置を見出せぬまま、「才気」は、呆気なく死んだ。

乙字は、どこへゆけばよかったのであろう。俳句という裾野は、ほとばしる彼の才気を包み込んで、なおありあまるものかも判らないが。

音

岡本《おかもと》癖《へき》三酔《さんすい》

音が聞える。

草木の葉のさざめきかも知れない。せせらぎかも知れない。また浜辺か沖の波かも知れない。それかあるいは鳥か獣か、虫の声かも知れない。地鳴りがしたのかも判らない。人の話し声がする。工場で何か打ち鳴らす音かどうか。建屋か何か作っているのか。自動車の唸り声か汽車の雄叫びか。遠近大小含めそれらのいずれでもあるかも判らない。いや、どう切り分け、どの言葉に当て嵌め、分節化しようと、詮もないことかも知れない。

いずれも風が運んで来る。

霰第二巻爾書す

榛の木枯れて鳥棲まず、
大根葉凍て虫鳴かず、
草家灯消えて人眠り、
鐘つかぬ寺に屍ありと、
想ふに堪えず、夜の里。

遠き行く手も越し方も、
將た我れこゝに立てりとも、
知らず、月影白々と、
底光りする雨雲の、
憂ひの魔の手ひろがれり。

所、茫たる武藏野に、
時、嚴冬のすさましき夜、
我れ靜寂に包まれて、
嗚呼、憂愁の穴深く、
葬られんか、若き身の。

天を仰ぎて願はくは、
冷ゆる血の氣をあたゝむる、
神泉あらば、一滴を、
神藥あらば、一匕を、
渇ける口に下しませ。

筑波の北風神の風、
一陣雲の打ち亂れ、
打ち亂れたる絶間より、
閃々珠は碎け散り、
落ちて聲あり、玉霰。

土に草あり、草の上、
川に石あり、石の上、
落ちて轉ひて鏘々の、
いと潔き音は平原の、

十里の闇に光あり。

限りは知らぬ蒼穹の、
極より極に流れたる、
天の川原に風立ちて、
渦巻き散らす眞砂かと、
空と地と奈く舞ひ降ら世。

壯快奈りや、萬象の
色皆奈光る銀に、
征矢を眞金に射る如き、
勇ましき音を聞き澄まし、
弱き我が身も奮ふか奈。

降魔の劍、一幹の、
我れに筆あり握り起ち、
石か、冷めたき僞りの、

草か、根の奈き輕薄の、
世の醜人を批かんか。

身の內の活氣呼び興す、
天の眞珠の玉霰、
熱き額に落つる時、
我れは心の靈臺に、
戞然として音を聞く。[*1]

これは、埼玉県安行村を拠点に刊行されていた日本派俳誌『アラレ』の、第二巻一号（明治三十六年六月刊）の巻頭言として寄せられた詩である。草木は枯れ果て動くものは死に絶えた、厳冬の陰惨な光景。そこから起ち上がらんとするもの。

この詩が詩として鑑賞に堪えるものかどうかは、さて措く。擬古調、と言われればそうかも知れない云回しで貫かれているが、大仰さを保ちながら、芝居臭さを脱け切らないものを筆者は覚える。特に後半は言葉を尽したと言うよりかは、それらしい語彙を並べて辛うじて繋げた、とでも言えそうな具合に読めてしまう。陰惨な様相から立ち上がり、沸々と闘争の志を滾らせているであろう「我れ」の意気は、語を凝らし、行を変え、紙幅を割く中で、どこか空回りしている印象さえ読み手に与える。

一方でこの詩は、ある種の切実な、切迫したものを読み手に投げ掛ける。いかなる装飾がどれだけ施されていようと、あたかも禁忌の閾であるかのように、その一語だけが厳然として、詩行の中に孤立しているかに見える。

音。

この詩の作者、岡本癖三酔は、武蔵の曠野の中にいかなる音を聞いたのか。

彼は、五・七・五の有季定型から、自由律へ転向した俳人である。こう書くと、碧梧桐、井泉水の潮流を汲み、短詩、あるいは無季自由律へ流れていった者たちの一人に思われるかも判らない。しかし彼の立場は碧梧桐とも、井泉水とも異なる位置にあった。

癖三酔こと岡本廉太郎は明治十一年、群馬県高崎に生を享けた。父貞烋は元小田原藩士で、維新後は各県の官吏として勤めたのち、廉太郎の幼少時、福澤諭吉らとともに時事新報社の設立に参加する。廉太郎はこの父の出身校である慶應義塾へ入学し、幼稚舎から高等科まで、一貫してここで学んだ[*2]。慶應在籍中から子規に師事し、彼の門弟として頭角をあらわしてゆく。子規の歿後も『ホトトギス』『時事新報』の俳句欄で撰者を担当するなど、第一線で活躍した。

釣臺に見て來し月の寒さかな

釣台に担がれる何者かは、病人か、怪我人か。実景を何気なしに書きあらわしているかに見えながら、筆者はこの句から、えも言われぬ浮遊感を覚えずにはいられない。一気に遠くへと、月へと攫われるかのごとき感覚さえ享ける。その、離れた衛星の寒さ。ほかの者の手で、地から離れて運ばれながら、月と共に浮いているかのごとき感覚。月にまで到ってその寒さを、心細さを味っているかのごとき感覚は、語句の列なりになされた幾らかの省略から成り立つ。仮にこれが散文であれば、「見て來し月の」光景の「寒さ」、ということになるのかも判らない。地上にあって月の実際の気候などは、判りようはずもない。その、想像される月の寒さに、生命の存立を脅かす気温の低さに、句の中の人物が、そして読み手が、地上にあって、地上から半ば浮きながら感応するのは、上五冒頭に記された通り、その身が釣台で運ばれるからであり、その世界が、短い言葉の内に収められたものであるからにほかならない。仮に、記された気候がほかの季節のもの、たとえば暖かさであろうと、暑さであろうと、涼しさであろうと、この句は成立しない。十七音のうち、すべての要素がほかの語句には置き換え得ないもの、必然のものとして働いている。かくのごとき俳句に出会うと、筆者は文章に開くことが、文章で云々することが、蛇足、愚行のほかの何ものにも思えなくなる。

掲句は、松根東洋城が転院見舞に癖三酔へ贈った句への、返句である。その背景からすると挨拶句に類されるかも判らないが、ここには言葉が生き、季語が働き、俳句の生み得るもう一つの世界が確かに構築され、展開されている。このような句を読む時、一人の俳人として、筆者の胸の裡にはおのずと省察が湧いてくる。もしかすれば私は、五・七・五の音韻を「俳句」にするための添え物として、季語を用いているに過ぎないのではないかと。

俳句、とは、実に奇妙な一般名詞である。

ある一定の時間、日本語の空間に身を置いている者であれば、殆んど誰もが、どこかで「日本語の代表的な詩歌の型式」として、俳句、というものの存在を知っていると、そのように思えるほどである。しかし一方では、誰も俳句を知らない。俳句とは何か、と問われれば「五・七・五」の十七音であると、まず誰もが答えるであろう。しかしそれでは、例えば川柳との違いは何であろうか。成り立ちが異なる、という答えは、いずれも連歌というルーツから切り離されている現在に於ては、塵ほどの有効性をも持ちはしないであろう。音韻の数は同じで、傍からでは見分けが付かない。この場合、一体何が両者を分けるのか。

この問への答えとして、最も多く挙げられるであろう事項に、季語がある。

俳句を俳句であらしめるものとは、季節の事物を指し示す言葉、季語である、と、このように定義することができる。なるほど、妥当な捉え方ではある。しかし詠み手が知ってか知らずか、季語と見做される語を含んだ川柳もある。そもそも季語、季節の言葉とは、誰が、いかにして決めているのか。人は何を手懸りに、それを識ればよいのであろうか。季寄せ、歳時記というものがある。なるほど。それではその歳時記はいったい、誰が編んだものか。

しかも、この歳時記という奴は曲者である。植物を例に取って見ると、あらゆる草花を収めているかに見えながら数多の遺漏がある。存在が確認され、芽生え、伸び、花を開き、実を結び、枯れてゆく草であろうと、その様態が季語として載せられていない草木が少なくはない。そのうえ、気候の変動や農芸科学の発展には対応がむつかしい。例句として収められた過去の作品には、言うまでもなく、ものされた時代に合せたかたちで事物が表象されている。それらの句が、いかに読者を衝撃し得るものであったとしても、時間という無情の撰者のはたらきにより、自然と忘れ去られる、と言ってしまえばそれまでかも知れない。同一の歳時記が版を重ねるに際し、これから削除される季語もあるにはある。その多くは人工物である。仮にそれが生理的な要請であるにしろ、長命したところで百年ほどの時間しか有ち得ない生物が、その生存の時間、ひとつの時代に合せて営んだことがらが古びることは、論を俟たない。しかしたとえば鞦韆、ブランコなどは、多くの小学校の校庭、あるいは児童公園へ常設されるようになっても、未だに多くの歳時記で春の季語として扱われている。

更に言うとすれば、ほんらい、季節には切目がない。移ろいがあるばかりである。四季とは、このグラデーションの帯を、言葉をして便宜的に分けたものとも言える。まったく人工の世界であり、制度の世界とも言える。これを更に細分化すれば二十四節季七十二候の世界となろうが、まったくその通りに季節が動く、という世界観を前提に生活を送るとすれば、何ごとかが倒錯している。季節という自然の移ろいを、能う限り言葉のもとにあらわそうとしたのであろうが、それらの微妙な差異があらわれる瞬間は、その異相は、実際にはこの数千倍、数万倍でも済まないであろう。

梅があたたかな季節の訪れを告げるかのごとく、ほかの草木に先んじて花開くことを、誰が疑おう。蒲公英があたたかな季節に盛りを迎え絮毛を飛ばすことを、誰が疑おう。このように文章をしてあらわすことがもどかしいほどに、これらあらゆる自然の事物は、言葉に先んじてある。年中、その辺りに姿を見せる生類が、最もその存在感を放ち、人がそれを受け取り得る時期の季語として扱われる、というのであればまだ妥当性があると言えるが、季語というものの指し示すところが、自然のならいを外れているとすれば、どうか。

たとえば、冬鴎、という。しかし種類にもよるが、鴎は殆んど冬に来るのである。鴎という一語へ無批判に、冬、と附して用いるのは、未分化の自然に眼を向けず、言葉のみの世界に生きていることを、みずから明かしているも同じである。また、春筍、という。単に筍というのは夏の季語なのである。しかし筍が土に覗くのは実際には春ごろであり、食物としての旬も同じころである。筍の伸びた若竹が夏の季語とされることと、何か関りがあるのかどうか。

また、蜻蛉を例に取っても、どこか苦しさを感じさせる分類がされている。蜻蛉生る、川蜻蛉、鉄漿蜻蛉、糸蜻蛉、これらは殆んどの歳時記に於ては夏の季語として扱われ、単に、蜻蛉、と記す際は秋の季語として扱われる。実際にはどの蜻蛉も、夏の半ばに差し掛るころから、秋に掛けての広い季節に生れ、飛ぶ。糸蜻蛉、川蜻蛉が、多くの蜻蛉に先んじ夏に目立つのはよいとしても、そのほかの蜻蛉たちも、おおかたはすでに暑い盛りには出ている。なるほど、川蜻蛉のみならず、夏茜、など、個別の種では夏の季語として扱われる蜻蛉も、あるにはある。しかしそもそも、蜻蛉生る、というのが夏の季語であり、単に蜻蛉、というのが秋の季語であるとするならば、この世界の「蜻蛉」たちは、夏のあいだ、どこで息を潜めているというのであろうか。

季語、歳時記について、首を傾げざるを得ないことがらはまだまだあり、枚挙に暇がない。しかし具体的な季語の問題、歳時記の問題をひとつひとつ剔出することが、この文章の主題ではない。ひと先ずは歳時記という、ほんらいは自然への足掛りとして機能すべき書物が、自然に先立ち、ひとつの世界を構築する基礎となること、それが自然を切り刻み、人工的な狭い世界へ押し込めかねないこと、そのような奇妙奇天烈な世界が「俳句」であることが示されれば、それでよい。言うなればここでは、価値、基準の顚倒が起きている。言葉が自然に先立つ以上、ここでは季語は、「俳句」を「俳句」として成り立たしむるための添え物に、単なる制度、規則に陥る。添え物としての自然、規則としての言葉。

言うまでもなく季語とは景物そのもののことではなく、景物を示す言葉のことを指す。まったく人工的なものである以上、ひとつの時代の世界観を超え得ないのは自然のことであると、言えば言えるのかも判らない。言葉そのものが、言語が、国家にとっての制度として機能するように、季語もまた、自然を裁断することによって生み出された、「俳句」という枠の中の、「俳句」というものの存立のために要請される、ある種の制度としてはたらいている。制度がある以上、それを運営する政府があり、政府は権力を行使するであろう。権力とは、つねに有形無形の暴力を裏打として伴うものであり、暴力という強制力のない権力は語義矛盾である。「俳句」の場合、これが結社間の力の均衡、発信力の多寡、という形を取ってあらわれるのかも判らない。しかし、それでは、その政府とは、いったいどこにあるのか。誰が動かしているのであろうか。かつて政府であった結社は、もはや、政府として機能してはいない。いまや「俳句」という場面に於て、圧倒的な存在感を放つ権力者はどこにもいない。それより幾らか小粒の、御山の大将であれば幾らでもいる。権力者などはいない方がよい、とも思われるが、彼女等彼等が会する現場でなされているのは、「俳句」を「俳句」であらしめるための、議論のための議論である。そこで何が言われていようと、各々の信仰の衝突と流血でしかない。しかもそれらの惨状は、読み手が俳句そのものに触れ、俳句が読み手をその世界へ引きずり込むあの瞬間とは、根本では一切の関りがないかにさえ見える。

筆者が看板に拘り過ぎている、と言われれば、そうであるかも判らない。しかし、いま現在俳句に係る者の多くが、信仰告白、という形を取らねばならないところにまで追い込まれている。これは、特別考え過ぎというわけではないであろう。「俳句」は滅びかけている。いや、疾うの昔に滅び、実際には有効性を喪ったものの残骸を、「俳句」、と称びあらわしているだけのことかも判らない。すなわち「私がこれは俳句だと思うから、これは俳句なのです」ということである。「俳句」という概念は究極的に個別化している。

俳句に係り、俳句を作ろうとする以上、季語、という制度を、所与のものとして無批判に容れることは、もはや叶わない。一方で反動は、反動それ自体が目的である限りに於て、新たなかたちに昇華することは有り得ず、既存の権力の外にあって、同種の別の権力を作るに終始する。すなわち季語という問題への回答として無季自由律を是とすることは、葛藤を無視し、権力者の指導を思考停止の裡に受容し、類型化した「俳句」に満足することと同義である。季節ごとの現象を黙殺し、季語を使わずとも季感を、いつ、どこに、という、時空の位置をあらわし得ると考えるならば、言葉の世界の座標を定められるとするならば、さらに言えば、それが先の世に遺り得るものとなるとするならば、あまりに楽観的に過ぎるのではないか、と、筆者には思われる。

ここまで散々に述べてきて、筆者は思う。いったい俳句とは、ほんとうに、このような狭い世界の産物なのであろうか。時に読み手をそのあらわす景の中へ連れてゆき、時に読み手をそのあらわす生物、物質にならしむる、あの短く摩訶不思議な詩が、ほんとうに、単なる、矮小に纏められた規則から生み出されたものなのであろうか。

癖三醉の句は、必ずしもそうではないのかも知れない、という、ひとつの回答を読み手に示してくる。

彼は『ホトトギス』を脱退、間もなく精神を病み、自宅に逼塞する。門人や友人の助力を得て次第に恢復し、懊悩の時期を経て脱皮した癖三醉は、俳誌『新綠』、のち内訌を経て題を改め『ましろ』を刊行した。『新綠』は同人たちの自主性に委ねた自由な気風の俳誌で、その中にあって彼は句風を自由律に転じ、これを突き進めていった。しかし彼は『層雲』や、碧梧桐去りしのちの『海紅』が奨励した無季・自由律に進んだわけではなかった。癖三酔は井泉水とも、碧梧桐、一碧楼とも異なる位置にあった。彼は季語を、いや、季節を棄てなかった。句のかたちを崩そうと、季節の世界への足懸りは手放さないこと。十七音が詰屈であろうと、季語、季題というものが、俳句の類型化の虞を含んだものであろうと。

あかいバラのただあかいそれだけの孤獨

平仮名と片仮名でのびのびと開かれた、十九音の破調。末尾の体言止め「孤獨」は、画数の多さも相俟って、あたかもここに「あかいバラ」が咲くかのごとき念を読み手に与える。薔薇の、殊に日本の野茨ではなく西洋薔薇の色を代表する色合としての「あか」。これが「ただあかい」ことが、その花の孤独をあらわす。まるで、そうでなければ「あかいバラ」は花開けないとでもいうかのように。体言止めで言い切り、止めるかたちが、そのかなしみを、「バラ」が「バラ」でなければならないことを生かす。「バラ」に生れてしまった花のかなしみを生かす。事物を裸眼で見、生の音、声を聞く者であればこそ、この句が生れたのではないか、という念が湧く。

季語を生かすのも、殺すのも、俳人自身である。生かされた言葉は、言葉の奥にあるそれそのもの、自然の中へと、読み手を連れてゆく。制度と化した季語とは異なる、季節季節で立ちあらわれては去ってゆく、生まの現象の中へ。句を読む者たちが、間違いなく、遷り変る季節の世界の中にあるという事実へと。

癖三酔は神経を病んだのち、風をよく恐れたという。風は、人間のわざの外、自然の大きな力のひとつと言える。風は音を立てて、季節を運んで来る。季節の匂い、季節の色、季節の、音。彼が追い求めた言葉の韻律も、この、無限の変化の中から聞き分け得るのであろうか。

＊1　引用に当って変体仮名は漢字で代用した。また引用元では「蒼穹」の「蒼」は穴冠に倉であるが、同時代の複数の漢和辞典に於て同様の字を確認できず、また文字コードにも発見できなかったため、已む無く一般的な用字であるところの「蒼」で代用した。読者諸氏の御寛恕を請うものである。

＊2　文献によっては慶大卒としているものがある。当時の慶應義塾は幼稚舎、普通科、高等科、大学部の構成であったが、大正四年の『慶應義塾總覽』掲載の卒業生名簿で確認する限り、癖三酔が慶應に在籍したのは高等科まで（明治三十年十二月卒業）である。この名簿では大学部正科卒業者に附される〇印も確認できなかったことから、旧学制に則って言及する限り「慶大卒」は正確な表現とは言えない。尤も、当時の高等科、大学部はいずれも、現在の新制慶應義塾大学の母体に相当するため、一概に誤りとも言い難い。

装束

尾崎紅葉《おざきこうよう》

マントを著た学生帽の男が、下駄履きで、和装の女を足蹴にしている。ずいぶん衝撃的な光景だが、どこか大袈裟で、芝居掛って、珍妙にさえ見える。しかもこの二人の男女は、長いこと恰好を変えず、装いも肌も、錆び付くに任せてここにいる。

変な銅像だ、と思った小学生の筆者は、

「この二人ってほんとうにいたの」

と、ここまで自分を連れて来た父に訊ねた。

「いやこれは小説の登場人物だよ。尾崎紅葉の『金色夜叉』の。一番有名な場面の舞台が熱海だから、こんな像になっている」

金色夜叉、金色の化け物。これまたなんと騒々しい題名であることか。作者の名も尾崎紅葉というではないか。紅葉、コウヨウは、もみじのこと。何から何まで装飾尽しだ。

私事ではあるが、筆者は、熱海の隣街の生れ育ちである。この温泉街には、所用で時折訪れていた。

そのころ、二〇〇〇年代初頭の熱海は凋落の底にあった。海外旅行の敷居が下がり、団体旅行の需要は右肩下がりで、追い打ちを掛けるようにバブル景気が崩壊、訪れる観光客は加速度的に減り続けていた。老舗の旅館やホテルが次々に潰れ、買い手も付かないそれらの建物が廃墟となり、街のところどころに残った。かつて観光地だったほろびゆく街、という形容が誇張にならぬほど、陰惨な様相を呈していたのである。

寛一、お宮と名を付けられた二人の像を訪ねたその日、天気は雨か曇だったと記憶している。薄暗い、灰色の澱んだ空気が街を覆っているかに見えたのは、天気のせいだけではなかったかも判らない。二人の像の派手なたたずまいだけが、沈み切った熱海に取り残されている、と感じていた。しかしその様子はどこか超然として、逞しいすがたにも見えた。

時代掛った大仰さの記憶と共に、尾崎紅葉という文学者の名は、筆者の脳裡に刻まれている。だから、彼が

白魚やどの入れものも恥かしき

という、艶やかさを帯びる一方で、どこかおとぎ話を思わせもする句を詠んでいたところで、

さして驚きはなく、むしろ、この人ならそうするであろうよ、という念が先立つ。

紅葉山人尾崎徳太郎ほど名の知られた男について、いまさら、そのあゆみを記すまでもないかも判らないが、彼は慶應三年、江戸の芝中門前町に生を享けた。父、惣蔵は谷齋と号する根付職人であり、風変りな人物として知られた。母、庸は漢方医荒木舜庵の娘であった。この母は徳太郎の幼時に病歿し、彼は、祖父舜庵のもとで養育された。

徳太郎は半年ほど寺子屋に通ったのち、開設されたばかりの公立桜川小学校へ入学する。卒業ののちは旧制府立二中へ進むが、中退。次いで三田英学校へ入学した。英学校在学のころから、綠山と号して漢詩の創作に力を入れ始める。漢籍を学び、英語を学び、彼は、若い頭脳へ新旧の学問を存分に吸収していった。

大学予備門へ進んだ徳太郎は、漢詩文の仲間たちとともに文芸、遠足、討論のための同好会を組織する。この集まりは間もなく文芸結社へ発展し、硯友社と名付けられ、文芸雑誌『我樂多文庫』を刊行するようになった。『我樂多文庫』は大いに話題を呼び、徳太郎は帝大在学の学生の身でありながら讀賣新聞へ入社、同時代を代表する文人としてのあゆみを進め始める。

徳太郎が俳諧の研究と実作に取り組み始めたのは、学年試験に落第したこと、また、硯友社の活動で多忙になったことを期に、帝大を中退した年である。彼はむらさき吟社を創始し、古俳諧研究に打ち込む傍ら、みずからも作句した。その入れ込みようは文人の余戯の域を越え、のちには角田竹冷や大野洒竹、そして岡野知十ら新派の俳人たちとともに、俳句結社秋聲會を立ち上げるに至る。

緑山、半可通人、花紅治史、枕之有明、春亭鬼笑、愛黛道士、南山子。これらはみな、帝大在学ごろまでに徳太郎が用いた別号である。彼が紅葉山人を名乗り始めたのは、大学予備門改め第一高等学校の在学中からであったという。俳号であれば、十千萬堂、花痩、笠青、雪軒、閑鼠、無香、縦横、芝明、冬湖、と、ほかにもまだある。現在でも、彼の別号ではないかと疑われる句が残っている。紅葉がかくまでも多くの号をみずからに附したのは、同時代の文人に共通する韜晦の傾向であり、またみずからの才能の多面性を自恃していたから、という意見がある。なるほど、そうかも判らない。一方で筆者には、紅葉には若い迷いがあったのではないか、という素朴な疑念もある。

事実、彼はその活動の中で、多くの実験に取り組んだ。漢詩文、戯作の執筆、俳諧に留まらない。古今東西の知識を貪欲に取り込みながら、門人たちとともに海外文学の翻訳を試み、小説に言文一致の文体を織り込み、草創期とも言える近代の日本文学に多彩な試行の足跡を遺した。

年表にあらわれることがらの一面を切り取り、個別の人間に当て嵌めるのはどうかとも考えるが、少なくとも都市部に於ては、多くの新しいものに巡り合うことができた時代である。また、そこからさまざまな試行へ飛び込むことができ、それが許される時代だった。紅葉も、その中にいた。彼は迷っていたかも知れない、と筆者は思う。一方で、胸の裡のどこかではそれを楽しんでいたのではないか、とも思える。どのような作品を書こうと、そこでいかなる実験をしようと、彼の好奇心は留まらなかった。

　ここで、先に挙げた白魚の句を読んでみる。

　下五の「はづかしき」という形容詞には、主語の選択の余地がある。この句に於て「はづかし」いのは白魚か、それとも句の中にいて白魚を眺めている観測者か。やがて読み手も「はづかし」い気がしてくる。白魚は白魚のままで、立派である。

　仮にこの「はづかし」さを覚えているのが、白魚であるとする。どんな器も厭よ、というのであろうか。それでは、観測者であるとしよう。白魚のような美しい魚をこんな器に入れるとは恥かしい、ということであろうか。

　いずれにせよこの句の中に於て確かなのは、ただ、冒頭に堂々と置かれた白魚のみである。生れたままの姿の、この魚の背後に幻視される、器のさまざまな柄、さまざまな色合。その様子は決して一定しない。句景は白魚の白、という、極となる色を不変の軸として、器の移り変りのために鮮やかさを極めている。「はづかしき」主体がぶれこそすれ、映る景色に変りはない。何か、ごっこ遊びのようだ、という念が浮んでくる。ごっこ遊びで子どもは、まぼろしの、さまざまな装束を着ることができる。子どもたちは自分じしんに別の人格を吹き込み、生命を与えている。

　この句だけではない。紅葉の遺したさまざまな俳句を見ながら、筆者は何か、子どもの遊びのようなものを感じる。それは、彼のほかの仕事を見回していても感じることである。といって、紅葉の仕事を描く、幼いものと誇りたいわけではない。とりとめがなく、移り気で、しかし一途で一貫しており、更に言うとすれば、ひたむきなものを感じるのである。

ごっこ遊びはごっこ遊びであり、それそのものではない、という見方ができるかも判らない。一方で子どもたちは真剣である。譲らないものがあり、ぶつかり合い、時として遊び相手の人格を否定しかねない衝突が生れる。遊びのいざこざを通して、子どもたちは、誰かとともにあるための術を得てゆく。子どもの遊びは、遊びであると同時に、遊びを超えた何ものかでもある。大人では、かくも剝き出しでは行かない。彼女等彼等には生活のための闘争があり、遊びとは、その余暇の暇潰しの域を出ないものである。遊びが暇潰しに留まっている以上、そのようなものにまで、のっぴきならない何事かを賭けることはない。初めから、衝突を回避する方向で話を進めるであろう。大人というよりかは、擦り切れ、草臥れ、ぼろぼろになった人間が、そこに座っているだけのことである。遊びを真剣にやろうとしていた、一人の無邪気な男の影が、尾崎紅葉、という固有名詞に重なる。

尾崎紅葉は江戸戯作の伝統を受け継ぐ者であり、若くして門人を多く抱えた、と、こう書くと、いかにも老成した人物であるかのように思われてくる。しかし筆者には、文学のための理想の集団、ある種の聖域を造ろうとしたかに見える紅葉のすがたは、どこか年相応の、背伸びをする青年のものに思われてならない。寛一、お宮の、あの仰々しい銅像の影がどうしても脳裡にちらつくからかどうかは、判らない。しかし硯友社の社則にある「建白書の草案記稿其外政事向の文書ハ命に替へても御斷申上候」という文言などからは、命に替へても、という強い云回しを取る辺りも含め、遊びの邪魔をされまいとして、公園の砂地に線を引く少年のすがたが思い起される。連載小説が休載がちなのを讀賣新聞の社長に咎められた時、紅葉は、修正で埋め尽された原稿用紙を見せ、黙らせたという。この逸話も、尾崎紅葉という人物名に、世間の用向きから邪魔をされたくない子どもの影を感じさせる。酷烈で懸命なる芸術家の道、と捉える人がいるかも判らないが、少なくとも筆者には、そう形容することには違和感がある。またこれは飛躍的な連想に過ぎないが、我樂多文庫という名も、どこか、玩具箱のような響きと趣を帯びている。

現実には、社会との関りなくして生きてゆくことはできず、あらゆる振舞は政治的である。彼等とて、文章を書いて公にしている以上、社会との関りを断つことなどはできない。しばしば言われることではあるが、政治的要素を排するという営みは、それ自体が政治的である、とも言える。しかし彼等は、文字通りに命懸けであった。紅葉は『金色夜叉』の連載が長期に亘る中で体調を崩し、三十代半ばにして胃癌で歿した。文芸という遊びに生き、この遊びの中に死んだ、とも思える。

紅葉の死を機に硯友社は解散した。作家たちは散り散りに、それぞれの道へと進んで行った。紅葉の小説作品は百年の時の流れを経て、次第に読者の数を減らした。子どもの遊びには保存性がない。その時その時は懸命であっても、明日には多くのことを忘れている。彼女等彼等は、自分たちの社会の外の人びとと関り、次第に心身とも発達してゆく。そのようなことを思い起こさせる。

それでは紅葉は、歴史という、無限に質量を増やし、しかも無限に形状を崩してゆく、あの油粘土のような物語の中に生きる者たちの中にあって、その役割を了えているのであろうか。これは筆者の交友関係が狭いからかも知れないが、筆者は、一部の文学愛好家を除いては、尾崎紅葉の小説を読んだことがある、という人に出会ったことがない。また、見掛けたこともない。紅葉作品は、戦前、女学生に人気の読みものだったというが、いまとなっては古色ゆかしき昔の文学、と見做されるばかりである。紅葉のいとなみは、歴史的な、ある特定の一時期にしか効能を有ち得なかった、遺物なのであろうか。

必ずしもそのようなことはない、と、筆者は考える。なぜといって、紅葉が小説に劣らず力を込めた俳句は、まだ読まれる余地が確かにある。日本派興隆の影にあって、紅葉と秋聲會の人びとの作品は、十分な鑑賞も研究もされないまま、今日に到っているものと見える。文庫版の紅葉句集が刊行されたことがない、という事実も、それを物語る事象のひとつとして受け取れる。『紅葉全集』に見る限り、紅葉の句の多くは、鮮やかなものとして筆者の眼には映る。現在でも鑑賞に堪えるのである。少なくとも、時間の経過に堪えず擦り切れてしまったものとは見えない。この鮮やかさは何であろう。大袈裟な形容かも判らないが、言葉の魔術を試みている、という念が浮んでくる。先に記した白魚の句もそうであるが、紅葉の俳句からは視覚的な効果、殊に色の使い方、幻視の用い方に、凡庸ならざるものが見える。

霜白しさらばと富士を詠《ながめ》けり

筆者はこの句に目を徹すや否や、霜柱立つ土の上に立ち、冷かな冬の空気の中で富士を見ている。巨きいが、ふしぎと像を結ばない富士の影を。

見上げ、眺めているにも拘らず、この句の中に於て、富士の山容の具体的な様子はない。眺めたまさにその瞬間で、句景の展開が止っている。富士と、富士を詠める観測者との遠近感は奇妙に定かならず、句の中で確かなものは、霜だけであるかに見える。霜の透明に近い白は、確固として地に突き刺さっている。視線は地から、高々と聳える富士の頂きへ。輪郭はおぼろげながら、冬の富士の白を極めた、威容が浮び上がる。この巨きな山体が裾野から霜に押し上げられているかも知れない、という念も浮んできそうである。この不安定な、一瞬だけ見える富士が、その不安定な様子ゆえに、むしろ悠然として巨きな存在感を放っている。足下の小さく低い霜柱の様子が、富士の巨きさを一層に掻き立てる。冬の朝の、静かでおおらかな感慨。

この句は子規から批判された作として知られている。しかしその意見は殆んど罵倒と言うべきもので、当時、日本派と秋聲會が、発展途上の俳壇に於て競合関係にあったことや、子規という人が論敵へ相対する時の劇烈さなどを、割り引いて受け取る必要がある。子規はその文中「第一意味さへ分らず」と記しているが、これでは、私にはこの句を作品として読み取る力がありませんよ、と宣言し、価値判断を抛棄しているのと同義である。子規が、紅葉と秋聲會を恐るべき対手と見做していたかどうか、ほんとうのところは判らない。ただ、真にこの句を駄作と思っているのであれば、かくも感情的に言及する必然はなかったのではないか、とも思える。いずれにしてもここにあるのは、月並俳句と称ぶのを読み手に躊躇わせる巧みさであり、時代に関り合いのない瑞々しさである。日本派とそれ以降の系譜に、引けを取らない鮮やかさと言える。

筆者が尾崎紅葉の俳句を読む時、もう一つ感じることは、ある種の親しみやすさである。旧派俳諧の持つ趣味性、遊戯性を受け継いでいるため、と言えば、解った気になりはするであろうが、句を読んだ、句を味ったことにはならない。俳句の中にある光景は特定の過去でも、まして未来でもなく、つねに現在である。それも、時の流れに古びない現在であり、つねに現実の時空を超えている。句を読み上げるほんの一瞬で、人は、この時空へ飛び込むことができる。それにしても違和感なく、断絶も衝撃も覚えることなく、すでに世界の中に入り込んでいたかのごとき、この紅葉の句の感じは、何であろうか。

子雀や遠く遊は《ママ》ぬ庭の隅

春に生れた雀の仔が、庭という小さな空間の、その更に片隅に遊んでいる。雀には羽があり、飛ぶことができる。しかし彼女か彼はまだ子どもであり、満足に飛べない。遠くへも行けない。しかし、それでよい。いまはそれを見守るばかりである。やや想像と誇張の域に踏み込んでいるが、こう読むこともできる。

この句を読んでいると、筆者は、ふしぎな気分を覚える。庭に遊ぶ子雀を、庭に立つか、縁側に腰掛けるかして、いずれにしても離れて見守っている、かと思えば、いつしか視点が低く、庭の隅、やや薄暗く湿ったところにある。これは子雀の視界に限りなく近い。句の中にあって、読み手はいつの間に、子雀の傍まで来ていたのであろうか。あるいは読み手は、子雀になってしまったのであろうか、とさえ思えるほど、その傍らまで来ている。しかしふと我に返ると、相変らず、雀は筆者の眼の前にいる。読み手がいつしか子雀に並んで、あるいは子雀そのものとなっているかのような、視点の遷移である。

これには、いささかの飛躍があるかも判らない。あくまでも離れたまま、雀が庭の隅にいるのを見守っているのかも知れない。しかし、かくのごとき視点の移動を思わせるだけのものが、句の中にある。それはいったい何であろう。

上五末の切字、詠嘆の「や」が示す通り、この句の中には不在の影がある。つまり誰かがいる。人間である。紅葉であろうか。紅葉の傍らにいる読み手であろうか。それらのいずれでもあろう。少なくともこの誰かが、句景を観測している。この「や」を除き、句に、詠嘆、感情の描写はない。基本は場景の描写に徹し、抑制が効いている。

上五で一度、文法的には切れている。続く中七の「遠く遊はぬ」は主語が省かれているが、言うまでもなく、子雀が、と読むことができる。しかしこの「遠く」とは、どこから遠く、なのであろう。素直に受け取れば、子雀を視界に入れている観測者から、ということになる。しかし他方で、子雀が棲家としているどこかから、とも取れ得る。少なくともこの時点で、句に明白に描かれているのは子雀と、それを見詰める誰かの影、だけである。背景はなく、子雀のすがたのほかは認められない。それも、近くにいる。果して中七の主語の省略と、遠く遊はぬ、という形容の拠点とする位置の不鮮明さが、読み手の視点を惑わせ、子雀のそれに近くしているのかどうか。では子雀は、どこで遊んでいるのか。

続けて下五を読めば「庭の隅」と、子雀の地点が瞬く間に鮮明となる。観ている者の視界は開け、庭、という背景の全体が描き出される。間髪入れず子雀の具体的な位置、隅、が眼に飛び込んでくる。体言止めが、句景を確かなものとして読み手に印象付ける。この位置情報は、無造作に置かれているわけではない。曖昧であったものを一気に示すことにより、句の世界の光景を、読み手の眼へ効果的に焼き付ける。句を構築する言葉の列が果てる地点に、隅、と明白に区切られた、句のあらわす世界の末端が、重なる。それは、子雀の赴き得る地点でもある。この句の中にあって遊びつつ、動きつつ、世界の範囲を形成しているのは、句の中にいて世界を見ている人間ではない。子雀である。遊ぶ子雀の動きと読み手のまなざしが、ここで重なる。この「庭の隅」という、句の世界の座標を示す語は、句末に置かれなければならない。それ以外の、上五、中七のいずこかに置かれたとしても、単なる風景描写に堕すか、そうでなくとも、句のあらわす光景をまるで異なるものにしたであろう。

あるいはこの句は、凡々とした、何気ない光景を素朴に詠んだだけの句であるかも知れず、筆者は、大袈裟に読み過ぎているのかも判らない。いずれにしても句の中にある景は鮮明であり、淡々とした詠み振りの中にも、情趣の手懸りが確かに含まれている。凡手の作ではない。また、読み手はこの句の中で子雀を眺める人物になることができ、子雀になることもできる。少なくとも、そう思わせる。

筆者がふと思ったのは、この子雀は、紅葉じしんなのであろうか、ということである。この句に込められた世界は、白魚の句に垣間見えた、あのごっこ遊びのような空間なのであろうか。いつでもほかの何かになれ、そして、いつでもやめることができる、しかし真摯な、子どもの世界。

むろん、詩に、言葉の上に描かれた事物が、書き手の投影とは限らない。言葉は言葉としてある。しかしこの景に筆者が覚えるあたたかさは何であろう。子雀に向けて詠嘆する、句の中にあって見守る者の、柔かい影が、立ちあらわれそうな気がする。

秋聲會は硯友社と異なり、紅葉歿後もしばらくは残ったが、次第に勢いを減じていった。子規たち日本派と異なり、実作上の解り易い方針がなかったこと、また紅葉の弟子たちの中に、俳句よりかは散文に集中した者が多かったことなどが、研究者や評論家たちから主な理由として指摘されている。加えて、秋聲會にはむらさき吟社のみならず、日本派に対抗せんとするさまざまな会派の俳人たちが集っており、中には旧派の者までいた。彼等はもともと、個々に独立した立場から俳諧を探究していたのである。そのようなこともあり、秋聲會の人びとは、あえて結束し、ひとつの結社を頑なに守る動機にも乏しかった、と言える。しかし筆者には素朴に、紅葉という、餓鬼大将の存在感を有つ大きな中核がいなくなってしまった以上、周りの人びとも散り散りになる運命を余儀なくされたのではないか、と思える。また、仲間たちを鳩合しながら、小説にも、文学研究にも、翻訳にも、そして俳句にも打ち込むほどの熱量の持主が、彼の門人たちにいたかどうか。

紅葉という作家の強烈な在り方は、一代限りのものであったかも判らない。熱量に満ち過ぎるほどの、彼の総合文芸への姿勢は、ごく少数の弟子を除いては、引き継がれなかった。硯友社の人びとの、その後のあゆみを見ていると、筆者は、そう思わずにおれない。しかし同時に、紅葉のあゆみを引き継げなかった者たちの、遊びに徹することのできなかった生き方にも、何か、嘆かれるものがある、という気がしてくる。仮に紅葉の営みが子どものそれであったとしても、子どもは明日を知らない。知らずともよい。彼女等彼等は今日を、いや、つねにいま現在を生きている。明日を識った気になる愚を犯さず、耽溺するほどの過去もない。子どもたちの現在とは、これまでの全てが揃い切った、未来さえ予測できる全能の時、という、驕れる者の認識ではない。未来は言わずもがな、過去さえない、ひたすらにいま現在、ここ一点の生に集中して、何ごとかに熱情を注いでいる。装束を変え、詠み振りを変えようと変らないものが、句の中に、ひとつの命脈を保っている。句の中の光景とともに、生きている。筆者は、そう思いたくなる。

ところでいま、この文章が記されている二〇二四年の熱海は、若年層の日帰り客を取り込むのに成功し、観光地として一応の賑いを取り戻している。寛一とお宮の像はその騒々しさに馴染んでいる、というよりかは、埋もれている。

諦念

佐藤紅緑《さとうこうろく》

人は生活を送りながら、その中で俳句を作ることができる。これは精神論の閾を出ないが、たとえばその人が、俳句を生きるよすがとしているのであれば、それは、俳句によって生活しているとも言える。しかし生活が、文字通りのままの生存活動であるとするならば、生活とは食うことであり、食うこととは、いまの世について言う限り、稼ぐことである。稼ぐことは働くことである。労働の中身は必ずしも、みずからの生活へ直に結び付くものではなく、みずからが生きようと欲した道に沿うものでもない。

その意味では、俳句によって、少なくとも俳句を作ることそのものによって、稼ぐこと、食うことはできない。江戸時代の俳諧師たち、宗匠、業俳と称ばれた人びとも、彼等自身の創作ではなく、点料によって食い繋いでいた。現代の俳人たちに於ても、さほど変りない。句集の売上は高が知れている。撰句の手間賃、あるいは評論の稿料によって食べている。しかし、かくのごとき形で食べられる者の数は、非常に限られている。ほとんどの俳人は、何かほかの労働によって生計を立てる傍らで、俳句に勤しんでいる。言うなれば遊俳である。

むろん、俳人たちは、作句によってみずからの鑑賞眼、批評眼を鍛え、実作に活かし、第三者に自作を認められ、人びとのあいだで名が知られることによって、宗匠の位置を得る。しかしその先、彼女等彼等の働きに求められることどもは、実作の出来でも、その論理的な強度でもない。少なくともそれは、俳句そのものの外にある。

佐藤紅緑という稀代の文章家が、何も、食うためだけに俳句を諦め、戯曲を書き、少年小説をものしたとまでは、筆者は思わない。しかし、彼がその若い時代に注いだ俳句への情熱を思うにつけ、筆者には彼の小説の一群が、いや、俳句も含め、紅緑の遺したあらゆる作品が、やむにやまれぬ無念の、と言って悪ければ、届かなかった夢の痕跡に思えてならなくなる。

いまや詩人サトウハチロー、また小説家佐藤愛子の父として知られるばかりとなったこの男は、明治七年、青森県弘前城下に生を享けた。本名洽六。弘前藩士であった父彌六は秀才で知られ、慶應義塾に学び、開港からまもない横浜で商いを独学。維新後は郷里弘前へ戻り、雑貨商や林檎栽培の指導者として生計を立てた。街の人びとからは尊敬されながらも、士族としての矜持から脱けず、そのうえ類稀なる激情家で、半ば疎まれていた。家では厳格な父として通した彼の下で、洽六少年は手の付けられない無頼漢に育った。父の激情は彼によく引き継がれ、東奥義塾、青森尋常中学をいずれも中退、一旗揚げようと家出同然に上京した。

縁戚のジャーナリスト・陸羯南を頼り、書生として過すことになった洽六青年は、法学院、國學院などに籍を置いた。しかし学校というものが余程肌に合わなかったのか、郷里の旧制中学と同じく、いずれも騒動を起して中退している。一方で羯南から国文学の習得を勧められ、『源氏物語』などの読解に勤しむようになる。その指導者として紹介された青年が、羯南の部下であり、陸邸の近所に住んでいた正岡子規であった。洽六を捩った、紅緑、という号を子規から貰い受けた彼は、まもなく俳句に取り込むようになる。図らずも紅緑はここに才を発揮し、子規に集う若い俳人たちの中にあって、碧梧桐や、同じ東北から来た露月らと並び称されるようになった。

脚気を起して帰郷した紅緑は、職を求めて再上京と帰郷を繰り返すうちに政治家を志し、足懸りに記者として勤めようと各地の新聞社を転々とするが、郷里弘前で新たな新聞の立ち上げに失敗するなど、なかなか足場を固められなかった。やがて政治の世界にも絶望するに到り、投機に失敗して借金を重ね、日々の食うものにも事欠く有様となっていった。困窮の中、紅緑は俳句の採点と俳書の執筆で辛うじて食い繋ぎ、家人を養った。このころ、秋聲會系の俳誌『とくさ』の顧問のような立場に就き、俳人たちの指導に当り始める。伊藤葦天、千家元麿、佐藤惣之助ら若い門人たちの熱意もあり、『とくさ』は一時期、紅緑宅の住所を採って、音羽俳壇、と称されるまでに活況を呈した。

しかし紅緑が俳句に専念できた時期は、長くは続かなかった。彼が匿名で新聞連載していた劇評を読み、新派の役者が脚本の執筆を依頼してきたのである。紅緑の用意した『俠艶錄』をもとに演じられた劇は、大いに当った。これを機に彼は劇作へ力を入れるようになり、流行の散文作家としての道を歩み始めるが、俳句の門人たちは、自然、不満を募らせていった。紅緑が『とくさ』から追放されるも同然に離れたのは、彼が劇作家としての活動を本格化させてから、僅か一年ほどあとのことである。

紅緑の主な弟子の一人である伊藤葦天の記すところによれば、『とくさ』後期の紅緑は、俳句の限界を明白に語っていたという。充分な思想の表現ができない、というのである。あるいはこれは、食い扶持を俳句から劇作に移すための弁明、俳句から逃避する口実、というだけのことであったかも判らない。門人たちにもそう見る向きがあった。実際、彼はもともと食うために自宅へ「俳句研究所」の看板を掲げ、句の添削で食い繋いでいた。彼が俳句指導で稼いだ金のほとんどは生活をしのぐのに費やされた。また散文で稼いだ金の大半は、その後、息子たちの不狼藉の尻拭いに費やされた。

傍から見た紅緑の生は、齟齬と、不意の衝撃に満ちている。みずからの望みに反して引き受けた少年小説では、高邁な理想を説きながら、息子たちは与太者に育ち、半ば自棄にも思われるあゆみの末に死んだ。彼じしんの胸の裡に、こんなはずでは、という思いがあったかどうか、推し量るよりほかはないが、いずれにせよ、彼みずからの意志の弱さ、彼みずからの行動の愚かさがそれを招いたのだ、とばかりは言えないものがあると、筆者には思えてくる。外からも内からも絶えず襲いくる、不意の波乱をこなそうとするうちに、大幅な遠回りになっていったと見えてならないのである。

紅緑の末娘愛子は彼と同じ文芸の道へ進み、父とその周辺を題材にした二作の長篇小説、『花はくれない』『血脈』をものしている。このうち『血脈』は平成になって書かれたもので、紅緑のみならず彼の子等の放蕩と破滅を描き出し、その源泉を題が示す通り、佐藤家の血脈の宿命に求め、結論として回収しようとしている。しかし筆者には、紅緑の烈しい気質に拘らず、彼の抱いた苦しみや、否応なしに取らざるを得なかったであろうあゆみは、明治から昭和に掛けての佐藤家という、ある特定の一時代を生きた、個別の一族の具体的な問題というよりかは、もっと多くの人びとの抱える、どう仕様もなさに根差しているのではないか、という念がある。その意味では、『血脈』よりかは『花はくれない』の方に文芸としての価値が認められそうに思われる。佐藤紅緑という、固有名詞を附された一人の男について淡々と記しながら、『花はくれない』に満ちている悲哀は、読み手のものでもある。

紅緑はいったい何をしたくて、何になりたかったのであろう。愛子が小説という形を通してあらわした通り、ほかならぬ紅緑じしんが解らず、解らないまま世のどさくさにまみれて揉みくちゃとなり、足掻こうとすればするほど、ずたぼろに擦り切れていった、という思いが、筆者の中にはある。人は否応なしに生を享け、否応なしに働く立場となり、否応なしに生活し、否応なしに、この世の渾沌へ巻き込まれてゆく。それは、人の集団の中にあって摩擦と軋轢、誰も負うことを望まない重荷を引き受けることである。汚れ仕事でない仕事はない。仕事がみずからの切り売りである以上、芸だけを売って身を売らないでいられる道理はない。人は、何らかの労力、不快と引換に報酬を得る。いや、引き受けるというよりかは、その場その場を必死に遣り過しているだけのことかも知れない。むしろこれで済めばまだ安穏としている方で、生存のほんらいの有様は、奪い合いと殺し合いである。誰一人、安全圏に立つことはできない。誰も加害者でなしには生きられず、被害者でなしにも生きられはしない。仮にある集団から飛び出そうと、それは、同じことを繰り返す別の集団へ移動するだけのことに過ぎない。遁走の術はない。つまり生きることは、いっぱんに苦である。さらに言えば特に意味はない。これに何か附け加えるものがあるとすれば、それはおしなべて、この苦の時間をいかに安楽にやり過ごすか、という問に答えるための方便でしかない。苦と無意味との辛酸をよく味った者であればあるだけ、この方便を、理想を、よく説くことができる。紅緑の少年小説はその役割を果した。破滅的な家庭と道徳的な少年小説は矛盾でも何でもない。愛子は反抗期のころ、紅緑の小説には「リアリティがぜんぜんない」とこき下ろしたというが、彼の散文作品が方便の表明に終始したならば、それはむしろ自然のことであり、矛盾ではない。矛盾ではないが、彼は引き裂かれていた、としか筆者には思えない。襤褸切れ同然に裂かれ続け、やがてみずからの手でみずからを引き裂くうちに、人は、やむにやまれず何かを諦めている。ほとんど徒労に思える。その徒労の産物が『あゝ玉杯に花うけて』であることを思うにつけ、筆者は、皮肉の念を抱かずにはいられない。作品で道徳を説いたからとて、作者の人生が道徳に沿ったものであるわけはない。作者の人生が素晴らしいからとて作品が素晴らしい、などという価値判断は誤謬の閾を出ない。紅綠じしんがどのような人であったかどうかはさて措いても、彼は生活のための文章を書き続けた。金がなければ生きることはできない。紅綠がこのことから何重にも引き裂かれながら、賽の河原の石を積むように筆を執り続けたかに思えるのは、筆者だけであろうか。

世には、近しい人に、個人的な場で自作を見せるならまだしも、文学賞や作品投稿に血道を上げる人びとがいる。私事になるが、筆者は、彼女等彼等の気分が、よく解らないでいる。筆者はみずからの文章、あるいは詩を、少しでも良質なものにしようと鍛え、そのための努力を重ねる人びとを非難しているのではない。ほんとうに、よく解らないのである。多くの人びとは単に腕試しとして、つまり第三者の鑑賞に堪えるものか否か、自作の善悪を問う場として、賞や投稿を利用しているに過ぎないのかも知れない。しかし一方で、物書きとして一発中てて名を上げ、それで食べてゆけるようになりたい、と思っている者たちが確かにいる。何しろ、文学賞の傾向と対策などということを題材にしたＷＥＢページが、インターネット上には溢れ返っているのである。ここでの文芸作品は目的ではなく、純然たる就職活動の手段である。筆者はやはり理解に苦しむ。投稿者たちが文芸を愛好しているかどうか、知ったことではない。しかし仮に彼女等彼等が、掛け値なしに文芸を愛好しているとするならば、なぜ、労働の中身に文芸を据えようとするのであろう。もっと端的に言うとすれば、この人たちはなぜみずから、人質にされにゆくのであろう、ということになるかも知れない。雇い主によるかも判らないが、みずからの思ったこと、考えたことを、みずからの思ったかたちで発信できるようになるとは限らない。むしろ、そうではなくなることの方が遥かに多くなるであろう。なぜといって、何かを飯の種とする以上、生活は常に人質である。物書きを望んだ職業とするのであれば、まったくの出鱈目、無理筋を書き連ねても、続けねばならなくなる。これは、すべての職業文筆家に向けて言える。

ある文芸評論家が言うには、金を貰うのでない文章や発言は、言葉は、しょせん戯言に過ぎないのだそうである。なるほど、人は言葉をして嘘を吐き、虚言を弄することができる。手間賃を言葉の真実性の、あるいは責任の裏付けにする発想は、ひとつの考え方として有り得る。しかしデマゴギーで貰った稿料をして生計を立てる者も、とにかくそれらしいことを書いて食い繋ごうとする者も、古くから、枚挙に暇がない。といって、無論、彼女等彼等を責めることが誰にできよう。この人たちは雇用主と顧客の需めに応じ、署名付きにせよ無署名にせよ、出鱈目を書いているに過ぎないのだから。かくのごとき現象を、彼は、勘定に入れているのであろうか。また、「経済的」な価値判断から逸したところにある、普段遣いの言葉、いや、言葉そのものを軽んじていなければ、かくのごとき発想はあらわれない。話し言葉にせよ、書き言葉にせよ、作品のかたちを取ろうと、取るまいと、言葉は言葉としてあり、人の世に偏在する。そしてあらゆる人間の行動を、関係をかたちづくる。空気と同じである。言葉を何に結び付けて論ずるかは、いきおい、その人物が、何に最も価値を置いているかを指し示す。

紅緑の少年小説が、道徳的な言説を通して、社会的な成功への道を説いていることが思い起される。彼にとっての俳句も、劇作も、小説も、果して、何かになろうとした足懸りに、空疎な飯の種に過ぎなかったのであろうか。多くの望みを諦めた末、生活のため、義務的になされた稼ぎに過ぎなかったのであろうか。

半面はそうであったかも判らず、あるいはもう半面は、そうではなかったかも判らない。彼は『とくさ』から離れながら、晩年に到るまで句作をやめていない。この一事が彼にとって何を意味したかは、果して、紅緑その人にしか解らないであろう。しかし、なし崩し的に拠点としていた俳誌から離れ、生活のために劇作と小説を書くことに人生の時間を費やしたこの男の席が、いわゆるところの俳壇にはもはや残されていなかったにも拘らず、彼は、生のあゆみの随所、随所で、俳句をものした。これらの俳句の質は、職業作家の手慰みの域を越えた確かなものである。一抹の野心、打算なしに何かをする人間は、どこにもいないであろう。しかし同時に、完全な打算で何かをする人間もまた、どこにいるのか、いや、どこにもいないのではないか、という念が、筆者の脳裡を過ぎる。

また彼は、俳論に於ても慧眼を示した。『とくさ』の座談会に於て紅緑は、みずからの師、子規による客観、写生、という旗印の論理的破綻を衝いている。理屈によって自他の視点の別はできても、俳句という表現の上に於て、また味うに於て、これを頑なに区切るのは無理がある、としているのである。一度政治を志して俳句の場から離れ、俳句、あるいは日本派の営みに対し、冷静なまなざしを得たがゆえかどうか。客観写生、という題目への単なるあてこすりとしては受け取れない問題を、紅緑の論は含んでいる。彼は巧みな散文を書いた人であり、口も達者だったというから、ともすれば、筆者も紅緑の口車に乗せられているのかも知れない。しかし仮にこれがあてこすりであり、時流に抗して存在感を高めるための、ある種の演戯であったとしても、あるいはもう半分は真だったのではないか、と思わせるには充分な説得力がある。

眼さむれば今年の我となりにけり

今年、新年の朝。寝床のまどろみの中で、その生鮮さが回収される、我。今年も我として生きる。年を越しても、眠りを経ても、とにもかくにも、今年の、我、となってしまった。人は我から、己じしんから脱けることはできない。それでも生きなければならない。そのような時間がまた始まる。正月の朝のひやりとした空気の中で、目出度く、新しい、と思う一方で、また一年が、という微妙な感慨を、我、という、きわめて主観的な、しかしあらゆる人の有つ意識を介して確かに捉えた句と、筆者には思われる。この、我、には、言語化すればたちまちにして霧消する細やかな念が集約され、語られないことによって、散文をして説かれないことによって、生きているとは言えないだろうか。我とは、この句を詠んだ紅緑であろう。そして、句の中の誰かであろう。その誰かは、読み手じしんでもある。

紅緑の句は、彼じしんが俳論に抱いた限界の念を越え、豊かなものを含んだ何かとして、筆者の眼には映る。それは世俗の栄誉からも、汚辱からも、道徳からも、切り離された地点にある。その豊かさに、ほかならぬ紅緑じしんが気付いていたかどうか。

晩年の紅緑は徐々に仕事を減らし、次第に、忘れられた作家となっていった。彼を苦しめた不良息子たちの多くは、敗戦までに相次いで死んでいった。紅緑じしんも敗戦からほどなくして、力尽きたように死んだ。

最期の時、この男が、みずからを終始苛み続けた激情を、野心を手放すことができたのかどうか、筆者には判らない。

千鳥足

中塚一碧樓《なかつかいっぺきろう》

1

背丈に近い叢を掻き分けて進む。

筆者は、しばしば一筆書きの道に譬えられる、人生というあの厄介なものにかかずらって三十年ほどになるが、迷いながら歩いた所に果して道などできるものだろうか、と思うことがある。真っ直ぐな道など、一度として歩んだことがなかった。どこに向いたかったのかも判らない。その時その時は必死で見えてさえいなかったが、あゆみはつねに曲りくねり、行きつ戻りつし、不要にも思える遠回りを重ねている。いま、ここにこうして生きているのは、ほんの偶然の積み重ねに過ぎない。一度踏み分けただけの草いきれは易々と勢いを取り戻し、時を置かず野に還るだろう、と思って振り向いてみれば、草々の間に、思いのほか、筆者と似たような所を、似たような軌跡で歩んでいる者がいる。半ば自棄気味に、半ば酔い潰れながら歩んでいる者もいる。ふと気になって足下を見ると、たまたま交差しただけかも判らないが、すでに誰かが踏んだらしい跡が遺っていたりする。みな、迷っている。仮にそれが、死と称ばれる、あの容赦のない、誰にでも不意に、そして確実に訪れる消失点にしか向えないあゆみであろうと。だから中塚一碧樓と称ばれた男のあゆみが、筆者には、他人事に思えない。彼の千鳥足は果して、誰かに追い付くことができたのだろうか、と思われてならない。しかし一方で、彼の千鳥足には誰も追い付けない、とも思う。

中塚一碧樓、本名直三は、明治二十年、岡山県玉島に生を享けた。中塚家は大内氏家臣の血筋を汲む塩田地主で、江戸時代は村役人を務めていたという。

直三の父、銀太は実業に秀で、家業である製塩業に勤しむ一方、多彩な趣味を持つ風流人であった。母さか惠の父、安本直明は俳諧の宗匠である。直三とその兄弟姉妹たちは、この両親からふんだんに影響を享けて育ったらしい。直三のみならず彼の兄や妹婿も俳人となり、のちには姪や甥も俳人となった。そのほか、一族縁者や同地の知己にも俳句を嗜む者がおり、彼女等彼等はやがて、この玉島で一派を成すに至る。

直三は旧制岡山中学を卒業後、上京し、早稲田大学商学科予科へ入学する。当時、同大の英文科には、当時まだ蛇笏ではなく蛇骨と号していた飯田武治が在学していた。早稲田吟社へ参加した直三は、彼らとともに俳句を学び、『ほとゝぎす』などへ投句する。

彼の半生をここまで辿ってみれば、それでは中塚直三という男は、これから順風満帆に五・

七・五の有季定型句の道を、さぞ真っ直ぐに進んだことであろう、と、見る者たちは思うかも判らない。そう推測するに充分過ぎるほどのあゆみが、ここには描き出されている。たとえば、彼は青年期に

我死ぬ家柿の木ありて花野見ゆ

かくのごとき句をものしている。

この作は、筆者の心臓を摑んで離さない。言葉にはならぬ、また言葉にはしたくない感慨に襲われる。我、という主語の明示のあとに続く、死ぬ、という動作に、家という地点。句の中の「我」と同じく、句を読み、その世界に入っている読み手もまた、避けようもなく死にゆく存在であることを、畳み掛けるように突き付ける。むろん、いま生きている者がいつ、どこで死ぬかは、誰にも判りはしない。しかし宿命、と称ばれるものを考えさせもする。これまでの人生を考えさせずにいない。生れて来ようと思ってこの世に生れて来る者は、ひとりとしていない。望むと望まざるとにかかわらず、いつの間にか、生きていた。いつしかこの世に出ていた。そのあいだをいかにして歩いていたか。いや、歩かざるを得なかったか。

中七下五の光景は、単なる、家を取り巻く事物の説明ではない。また単なる写生でもない。柿の木がある。花野が見える。自然のものが、自然のままに、何の意味も伴わず、眼に飛び込んで

来る。みずからのあゆみ、みずからのこれからの死、について考える時、ほかに、何かを考える余地があろうか。死について考えているとき、人は、いま、ここにはいない。遠い先の、いつ我が身に訪れるか知れない、まだ来ぬ時のことを考えている。あるいはこれまでのことを、すでに過ぎ去った、失われた時のことを考えている。いま、ここにありながら、いま、ここにはいないと言える。あるいは、いま、ここのことなど、一厘も考えてはいない。この時、耳目の届く範囲にあるものはみな、一切の背景と意味を捨象された、純粋な物質と化す。

一人称の「我」は、冒頭という、最も強く印象に残り得る位置に置かれている。この「我」は句の世界の中にいる人物であり、作り手の一碧樓と見做すこともできると言えばできよう。ゆえに、この句に展開されている光景は、他人事として退けることも可能である。しかしこれに続く「死ぬ」とは、誰の身にもいつか必ず訪れる瞬間である。中七下五と続く光景を目の当りにしながら、茫然自失としているかに見えるこの人物の姿は、一碧樓でも、読み手でも、ほかの誰でもない、また誰でも入りうる、あの空白の位置にも思われてくる。この光景が実景であるか否かは、句の読解には関りがない。

音の面から見てみよう。上五は字余りの六音であるが、構成する語が二音・二音・二音で整っており、読み下すと小気味がよい。助詞の省略は窮屈さと受け取られることがあるが、ここでは語を、弾みを付けて韻律に乗せていることもあり、むしろ、読み手が雑念を挿し込まず、一気に読み下し易くなる効果を生んでいる。続く中七もカキ・ノキ・アリと調子のよい韻律を流し、下五へと到る。柿の木がある。花野が見える。上五の「死ぬ家」となるであろう予感が、眼に映る事物を、ただ淡々と映し出すだけの中七下五を生かし、句に、確かな効果を与えている。

この光景には象徴的なものがある。家から見える花野とは麗しい景にも受け取れるであろうが、これは秋の季語である。地に生きるものたちの多くが滅ぶ季節、冬を前にして、草々が生命の最後の力を振り絞り、花を咲かせ、実を結ぼうとし、血を分けようとする。その様相が、一面に展がる景とも言える。「我死ぬ家」の軒からそう遠くはない位置に生えているであろう柿の木は、家と花野の間に立つことで、遠近の厚みを句に含ませている。また額縁のごとくにも映り、視座を定めるとともに、花野を視覚的に引き締める効果も与えている。

と、かくの如く、筆者は「家」の中から外に向けての光景として掲句を読んだが、幾度か反芻して見ると、あるいは外からのものと読み得るのかも判らない。むろん冒頭に「我」の「死ぬ」ところである「家」、と記されているところから、ここを視座とするのが妥当、と考えるのが自然にも思える。四方の壁が自然と陰翳を作る、薄暗い家の中から、外に向けての目路。しかし外から「家」、「柿の木」、「花野」、と並列にただ置かれている、と読む者の眼にも受け取られそうな様相は、あたかも、死を迎えた肉体から精神だけが離れ、無心に眺めている景であるかにも見える。

掲句が収められた第一句集『はかぐら』は、大正二年に刊行された。一碧樓初期の八十四句を収録した、小さな集である。

序文に、こうある。

……句集を編まうと選み出した最初の句は七百句近くもありましたが、いくら削除しても氣に喰はない。

實際このころの句の多くは「本當の私」ではなかつたのです。

私の個性、私の行き方、つまり私の歩いて來た道筋を明かに表はしたいのが本望でこの句集を編んだのです。

（……）で、どうしても私自身から見た「本當の私」の句を集めねばならぬと思つたのです。……

早大商科時代から『はかぐら』までの一碧樓の足跡を辿ると、まず、大学を一度中退し帰郷している。このころ、定型の句風に飽き足らなくなっていた彼は、河東碧梧桐が撰者を務める『日本俳句』に惹かれ、全国行脚中の碧梧桐を城崎まで訪ね、教えを請うた。二週間余に亘って熱心な作句指導を受け、碧梧桐を師と定めた一碧樓であったが、それから幾許もせぬうちに、彼の強烈な個性に付いてゆけなくなっていった。私生活での婿養子入りと呆気ない離縁を経て、変らず旅を続けていた碧梧桐を玉島に出迎えた一碧樓は、師が同地を去ってまもなく、俳誌『自選俳句』を刊行。撰者不要を宣言し、碧梧桐への叛旗を明白に翻した。師事からわずかに一年後のことであった。

吾人は現代思潮の中に生きつゝあり。
吾人の創作は偽らざる自己の告白ならざるべからず。
自信ある作の前に於て選者の存在は全然無意義也。

これが、同誌一号巻末の宣言である。師の撰に対する反撥がありありと見えるが、当の碧梧桐は、若者にはよくあることだから、として取り合わず、静観していたという。

翌年、再上京した一碧樓はふたたび早大へ入った。今度は文科である。同年には『自選俳句』の実質的な後継誌として『試作』を発刊し、碧派の句会へ赴いたりしている。俳句に熱を上げる傍ら、遊郭や寄席に通い、放蕩を重ねた彼は、入り直した早大を学費未納の廉で早々に除籍となった。『試作』の後継誌『第一作』の誌上にて、一碧樓は、従来の俳句ではないものを求めるため、季語不要、定型不要を唱えた。これら二誌を刊行した二年の上京生活のあいだに亘り、彼は読点や感嘆符をはじめとした約物、ルビを取り入れた句、口語を活用した句など、俳句という形式を試すような作を多くものした。読んで字のごとく「試作」していたと言える。

TRUK《トルコ》のやうな浴場《ゆ》が欲しい場末の秋だ

密漁船のＤＥＣＫ《デッキ》？　闇が身に入む大部屋は
霙れるその頸筋《うなじ》にメスを刺させい
尋常《なみ》に家を嗣ぐひとの黒い襟巻

彼の第一句集『はかぐら』は、この実験の末に刊行された。しかし、この集に収められた句から見えるのは、散々に実験を試みた人の作とは思えぬ静けさであり、沈着振りとも言うことができる。切字を取り入れた句があり、素直に徹した有季定型の句がある。この集の刊行の動機は、前掲の序文にある通り、過去の清算であり、長い実験と放浪を経て彼は「俳句性への反省」に至り、「本當の私」に回帰しようとしたのだ、と、言われている。かくのごとく筋書を立てれば解り易いであろうが、筆者には何か、腑に落ちないものもある。

この第一句集刊行の翌年、帰郷した一碧樓は岡山西中島の遊女、たづ子と出会い、相思相愛となる。奇しくも彼女は碧梧桐の遠縁、神谷家の出身であった。一碧樓は彼女を伴い、旧家の実家から勘当されるも同然にふるさとを離れる。三度上京した彼を、困窮の極みとも言うべき生活が待っていた。一碧樓は、句友淺野微笑子の執成しもあり、みずから訣別を択んだ碧梧桐の門をふたたび叩くことになる。

筆者には一碧樓の足跡が、清々しいほどの千鳥足のあゆみに見える。師を得、師から離れ、みずからの俳句を追究した末にこれを否定し、大学に二度入りながらいずれも離れ、上京と帰郷を繰り返し、婿養子からの出戻りを経て恋愛、「我死ぬ家」であったところを棄て去り、果ては窮乏に追い詰められ、ふたたび師の下へ参じる。

ここまでの時点では、なるほど、一碧樓は俳句に「回帰」し、碧梧桐に「回帰」した風にも見える。しかしこれらのあゆみを見ていると、彼の語る「本當の私」とはいったい何であろう、ということが、筆者には思われてくる。むろん、過去の我が身は、いまとは違う我が身である。すでにいま、この場にはいない、過去の、もっと言えば死んでいる我が身と言うことができる。私でありながら、私ではない。しかしその時その時の私は、偽物の私だった、とでもいうのであろうか。言うまでもなく筆者は、一碧樓を咎めるつもりで記すのではない。誠に素朴な疑問に過ぎないが、それらの過去の跳ね返りも、過ちに思えることも、みな越して来て、それらすべてを含めての現在の私であると、なぜ、彼は記し得なかったのであろうか。

たとえば、「本當の私」ではないといって過去を棄て去るのであれば、現在、この地点もまた、過去となり続けているのであるから、いまも「本當の私」ではない、ということになる。つまり過去を棄て去る者は、未来しか見ておらず、現在を生きてはいない。別の言い方をすれば現在に集中せず、現在すべき仕事に腰を据えてもいない。現実には、人は、現在のほかの時間を生きることはできない。かくのごとき言を述べる人物がいるとすれば、いずれふたたび、いま、この現在をも否定に走るかも判らない。

時間は後戻りせず、しかも止らない。この中で生きている以上、人は、つねに変化を余儀なくされる。「本當の私」は、いま、この地点を生きて行動する身体か、死んだ人間の生涯の中にある。それらのものは、そこに至るまでの、すべてを含んでいる。最新の状態はつねに最古の土台の上にある。ある一地点のその人だけが、その人ではない。

第一句集に至るまでの期間に於ける作の大部分を、「本當の私」ではない、として一蹴しようとする一碧樓の断定的な筆遣いに、筆者は何か、否定しようとし、却って肯定の裏打としているかにも読み手に思わせる、彼の、焦燥に駆られる胸の裡を見る思いがしている。したたかさのようなものも見えないことはないが、仮に「本當の私」ではないから過去の大部分を否定したい、という心情が真であるとすれば、沈黙を決め込み、なかったことにすれば、時間が解決し、すべて事は済むであろう。そうとなれば、句集、いや、来し方のあゆみを収めた書物などは、そもそも、出す要がない。動機は何であれ、一冊の書を編むことは、繙く者の記憶に何事かを遺さんとすることを意味する。みずからの過去を真に葬り去らんと欲していたならば、いったい、どうして句集など編むであろう。

我胸に千鳥羽ばたく我足に

一碧樓の不安定な有様は、碧梧桐の下に参じて終ったわけではない。彼の、ふらつくうしろすがたが見える。

2

気付けばまた草ぼうぼうの中を掻き分けている。

相変らず前が見えない。前に誰かが通ったらしい細い切れ目を、幾度か横切った。

そう言えばいつか、この叢を、ほかの誰かと一緒になって掻き分けたことがある。彼女等彼等は、いつしかいなくなってしまった。別段、咎めるつもりはない。そういうものだ、としか思いようがない。それに、筆者じしんが誰かを離していったこともある。あるときは自然に離れ離れとなり、またあるときは、はっきりと離別の意思を伴って離れた。いずれにしてもこの草いきれの中では、自分じしんの脚を動かさないことには、どこへもゆくことができない。

また、誰かが通った跡を横切る。今度は薙ぎ倒された草の幅が広い。その上に、二条の車輪の跡がくっきりと残っている。台車か何か牽いたのであろうか。誰が通ったか、誰が乗っていたか知る由もないが、使えばなかなか楽だろうな、と思う。もっとも、乗れば筋肉は衰え、歩き方は忘れるかも知れない。それに、車を牽く者の労苦はいかばかりか。

誘惑に駆られるのを振り切り、ふたたび歩き始めると、また、ほかの誰かが通ったらしき跡に出る。小刻みに蛇行し、うねりながら、じぐざぐに進んでいる。筋道の、先が見えない。

この足取は、どこへ向っているのであろう。

碧梧桐は『三千里』の全国行脚ののちも旅を繰り返し、よく歩き、たびたび『海紅』を留守にした。時として海を越え、欧米へ出ることもあった。彼の名代として同誌を預ったのは一碧楼であったが、この間、彼は無季の自由律短詩を推し進めた。句風こそ変じたが、かつて彼が碧門を離れていたころ、『第一作』に於て宣言した立場に返った、と見ることができるかも判らない。碧梧桐は、季語を棄てなかった。季語の有無、是非は、彼が井泉水の『層雲』と袂を分った理由の一つでもあった。

やや本論の閾を外れるかも知れないが、この時期、一碧楼と同じく『海紅』同人であった小澤碧童も、自由律短詩から定型俳句へと基調の句形を変じている。一時的とはいえ師の指導がなくなったのち、各々の閾で才を発揮し始めたことは、碧門の一部の人びとに通ずる現象であり、一碧楼に限った話ではないのかも知れない。しかし、その一碧楼の胸の裡にあったのが、鬼の居ぬ間に、という解放感よりも、玉島時代よりくすぶり続け、ついに燃え尽きなかった碧梧桐への反抗ではなかったと、誰が言えよう。

碧梧桐は『海紅』を去り、みずからの個人誌『碧』のち改め『三昧』に専心する。門人風間直得の提唱したルビ俳句を推し進め、大方の弟子を置き去りに独自の道を歩んだ。

一碧楼は昭和三年刊行のアンソロジー『海紅第五句集』で、不易流行の追究を宣言した。『ホトトギス』の外の俳人が理想の旗標として不易流行、あるいは芭蕉に行き付くのは、ひとつの典型と言えば言える。それにしても、仮に初めから止っていて、その状態が自然であり、動く必要のない者が、果して、止りたい、と思うものであろうか。止りたい。しかし動きたい。変らないものが欲しい。彼は揺れ続け、動き続けていた。

他人からの影響をまったく、微かにさえも享けない人間は、どこにもいない。蛇骨に刺戟され句作に精進し、碧梧桐からの指導のもとで新傾向俳句に取り組みながら、一碧楼は彼等いずれからも離れた。離れながらも揺れ動き続け、最後まで葛藤の中にあった千鳥足の人と、筆者の眼には見える。

しかし一方で、思う。千鳥足すなわち無軌道と、誰が言えるであろう。方向が、向うべきところがない、危ういあゆみであると誰が言えよう。千鳥足を進めている間、人は、重力に順ったそのままではあらぬ方向へ行ってしまうのを戻そうとし、身体が崩れてどこへもゆけなくなるのに抗っている。千鳥足はなりゆきで生じるが、同時に能動的なあゆみとも言える。それに千鳥足は、素面で歩いているのと同じく、前へ進む。みずからの句を目指しながら、碧梧桐の引力に苦しんだ一碧楼。しかし読み手がすべきは、碧梧桐からの影響の指摘というよりは、彼じしんのあゆみを見詰めることであり、彼じしんの句を読むことである。

筆者は、先に掲げた「我死ぬ家」の句を思い出している。すべての死にゆくものに生の時間をはっきりと意識せしめ得るものは、皮肉にも、みずからもまたいずれ死ぬことへの、実感を伴った自覚しかない。この自覚をして、一度たりとも右往左往しない者が、どこにいるであろうか。

人の肉体に許された活動の時間は有限である。死を自覚し、それでもなお生き続けなければならないと認めた時、この認識を焦燥に変えない者が、どれだけいるであろうか。一碧楼の千鳥足は、単に、師と自我の間の動揺というだけではない気もする。

一碧楼はみずからの作を「俳句」ではなく「詩」ともいった。『第一作』に於て彼は、自作について「私自身は何と命名されても一向に構はないんです」と語っている。人によっては自棄に受け取るかも知れないが、俳句という形式への挑戦、実験の態度、脱皮の意志を自覚的に宣言した、と思わせるものがある。俳句、という看板を手放さず、短さへの追究を標榜する一方で、三十一文字に近い長律の詩を繰り出すなどもした、『層雲』の動向とは、異質と言えるかも判らない。

一碧楼はその人生の時間に於て、短律、長律、いずれの詩も試み、作った。彼が最後に目指したところがどうであったかは判らないが、その中には俳句が生きている。

草いきれ女人ゆたかなる乳房を持てり

これは自由律というよりかは、むしろ定型の破調、と見た方がよい韻律を持つ作と言える。五・七・五に近しく、さらに言えば「草いきれ」は夏の季語であり、俳句のよすがを留めた作と、筆者の眼には映る。

韻律の点で見てみたい。音を上・中・下に分けるとすれば五・八・七とできようか。冒頭「草いきれ」の五音で場の背景を示す体言だけを置き、ここでまず途切れる。続く「女人」。場景に置かれたまなざしの対象となる体言は、ニョニン、という撥ねるような発音を有し、助詞を飛ばして「ゆたかなる」という漠然とした、しかし連想として無理のない形容へ直接に繋げ、読み下させる。この勢いによって、ほんらい五音に収められるべき下五部の七音の破調も、一気に読むことができる。「草いきれ」に始まった視点の遷移が、「乳房を持てり」という具体的な部分の描写に収まってゆく様も滑かであり、冗長さを感じさせない。

また、

魴鮄一ぴきの顔と向きあひてまとも

上五が八音となる破調、中と下の句跨りがある。なるほど、厳密な五・七・五からは外れ、自由律の短詩、とは言えるかも判らない。しかし一方で、音の面ではこれも、俳句として読むことに大きな差障りのない作に受け取れる、と、筆者には思われる。私の詩、と言い切った一碧樓の絶句がこれであることに、筆者は、これといって驚きを抱かない。彼が晩年、生れた所に戻ろうとしていたのかどうか。彼が俳句から脱け出ようとし、あがき、揺れ動き、また俳句に戻ったのかどうか、という念が浮ぶ。いや、戻ったわけではなかったかも知れない。彼は俳句を生きようとし、短詩に生きようとした。いずれの道も生きようとした。ふたつの道は時に寄り添い、時に離れ、しかし、詩の世界という、同じ地点へ向っていたのではないか。

鮄鮄。冬の魚。このどこかとぼけた、ユーモラスな面構えを有つ魚の、不特定多数ではない、この一匹の「顔」。これに「向きあ」っている、もう一つの「顔」が浮ぶ。「まとも」、真面目、である。逃げてはいない。「まとも」なのは「鮄鮄の顔」なのか、それとも句の中にいて「鮄鮄」を見ている者か。そのどちらでもあるのだろうか。となると、鮄鮄が私か、私が鮄鮄か。筆者には判らなくなる。

叢の中のじぐざぐの足跡を追う。やがて掻き分けられた跡は途絶え、薙ぎ倒されなかった高草に、三方を囲まれた場所に出た。

一碧楼のいなくなったらしい所は、つい先ほどまで誰かがいたかのごとくに、草の倒された跡がはっきりとし、青い臭いがありありと漂っている。どうも、前のめりに倒れ伏した風にも見える。

びっくり箱

荻原井泉水《おぎわらせいせんすい》

1

筆者の前に、大きな空けっ放しの箱がある。

誰も、この箱に見向きもしない。長いこと風雪に曝されていたのか、側面の四方は歪み、底に、雨水が溜っている。中から発条が覗き、伸び切ったまま錆び付いている。適切な修復を施さなければ、この箱を閉じる術はないかに思える。

元はびっくり箱であったらしい、この空箱を作った職人の墓標が、傍らに建っている。長方形の、御影石の墓標が。

見回すとここは、どこまでもまっさらな、白く、果てしなく広がる空間の中らしい。昼夜の別はないものと見える。この空間の中に、立方体の箱が、点々と転がっている。

向うに、人だかりができているのが見える。厚い黒山の真ん中辺りから、赤と白の三角帽の天いて囃していているらしい。

辺が覗いている。彼等は、筆者の傍らの、このびっくり箱から飛び出て歩くクラウンを、取り巻

俳句は小さな覗き箱のようだ、と思うことがある。

寸法は限られているが、この箱には、何でも入れることができる。砂粒から銀河まで、水溜りから大河まで、あるいは現在のものから昔のものまで、大なり小なり、時空を超えてどのようなものも収められる。物体でも、風景でも、あるいは人の情念という形のないものをも収めることができる。時として覗く者を、箱の中に引き摺り込みもする。そんな、不思議な覗き箱である。

この箱は、日本語の通じる空間に偏在している。

どこかで触れるともなく触れる芭蕉の発句や子規の俳句も、五・七・五の韻律からなる標語も、日本国内の到るところにある。仮に季語のない語の連なりであろうと、十七音でさえあれば、川柳ではなく、何の気になしに「俳句」と称ばれることすらある。

もっともこれは、有季定型句についての話である。

無季自由律俳句は、びっくり箱である。収まってたまるかと言わんばかり、景物を背負ってクラウンが飛び出る。覗き箱のつもりで箱に面した者は、さぞ、驚くことであろう。こんなものもあるのか、と。

この箱を最初に作った者は、誰か。

職人の墓標には整った字で、荻原家之墓、とある。

荻原井泉水の後半生は、びっくり箱の職人、いや、無季自由律の俳人という一事に終始した、と言ってよいかも知れない。彼は初めから自由律、という命題に執していたわけではない。しかしそれでも、かなり早い段階から、その萌芽は見え始めていた。

井泉水こと荻原藤吉は明治十七年、東京市神明町に生れた。初名幾太郎。藤吉とは荻原家に伝わる名跡であり、彼は、父が亡くなるまで幾太郎の名で通すことになる。家は雑貨商で、芝大神宮のほど近くに店を構えていた。

幾太郎少年は家業を継がせようとする家人の反対を押し切り、旧制中学へ進んだ。最初に入った正則中学では、英語教師に感化されて国字改良運動に興味を有ち、日本語史の勉強に熱中する。その一方、有志を募って学内新聞を刊行し、教師の生活指導の不十分さを糾弾した。この活動が問題となって退学処分の憂き目に遭い、麻布中学への転校を余儀なくされる。このころ、俳諧旧派の本に触れたことをきっかけに俳句を始める。一高、東京帝大と進学した幾太郎は、言語学科で学ぶ傍ら、本格的に俳句に熱中し始める。子規たち日本派へ接近し、碧梧桐の提唱する新傾向俳句を試みた井泉水は、間もなくこれに飽き足らなくなった。大学卒業から三年後、『層雲』を創刊。五・七・五という、短歌、連歌、発句と、日本語の詩歌句に永く続いてきた音韻の解体を試み始め、季語無用を提唱、無季自由律俳句に取り組むようになった。

以上は荻原井泉水が後年、日本経済新聞に連載した『私の履歴書』から見る限りの、彼のあゆみである。

この回顧録は俳論ではないが、途中、日本派の門を潜った辺りから、みずからの主宰誌『層雲』の宣伝、あるいは主張のための扇動文のごとき筆致が濃くなる。みずからの自由律によって、俳句を趣味から芸術の域に高めた、と自賛しながら、彼が心酔する芭蕉に言及するに至って、そのころは芸術などという堅苦しい言葉はなかった、と、みずからの言を易々と翻すがごとき筆の運びを取っているなど、読者を惑わせつつ、頁の前後を行き来させかねない箇所もある。

むろん、これは俳句愛好者たちの外に向けた自叙伝であって、井泉水は、俳論として成り立ち得るほど、俳句に関する部分の文章を練らなかったかも知れない。しかし彼の俳句観と論理的な裏打を見るには、充分である。なぜなら彼の俳論は、文面を読む限り、その多くが論というよりかは、扇動文として機能しているからである。一貫性が欠如している、という以上に、その場、その場をどうにか凌いできた、という具合に、筆者の眼には映る。

一方で、その井泉水のまた別の側面に、国文学者という肩書がある。彼は芭蕉、一茶といった江戸期の俳諧師たちからよく影響を享け、これを研究した。岩波文庫の『一茶句集』は、旧版が井泉水の手による編纂である。井泉水の手になる、旺文社文庫の『芭蕉名句』には、彼じしんが叮嚀な解説を寄せている。

俳論は扇動でありながら、研究者。このちぐはぐさは、いったい何なのであろうか。

芭蕉を研究し、一茶の句を突き詰めた井泉水は、まぎれもなく俳諧、俳句の、つまり箱の仕組みをよく解する職人であったと言える。この井泉水という職人は、箱の中身ではなく、箱、という器そのものにこだわり、

——箱でこんなこともできるんですよ。

とやってみせた。

そして彼は、最終的にみずからの手で箱を、そしてみずからを毀しかねない位置に、そうと知ってか知らずかみずからを追い詰めた、と言えるかも判らない。しかしこの男が芭蕉、一茶の解剖者ではあっても、一人の詩人として、彼等に迫ることができたかどうか。皮肉なことに彼の弟子の職人たちには、外身のみならず中身を、つまり詩と称ばれるものを解していたであろう者が多くいる。井泉水の仕事の量が彼等を上回るものであっても、どうしてか現代に於てさほど注目を集めていないのは、この辺りに理由がありそうにも思える。しかし、先走るのはやめておく。未来のことなど誰にも判りはしない。井泉水の作を評価し得る視点が、この先、筆者か、誰かほかの読み手に生れるかも判らない。

いずれにしても、この宗匠から影響を受けた職人が、それも職人の閾を超えた職人が、巣立った。放哉、朱鱗洞、裸木、一石路、秋紅蓼と、一人ひとり挙げてゆくことができる。しかしその数は少なく、井泉水の門人の、そのさらにあとに続く者たちが職人と称べるかどうか、筆者には判らないが、彼等によって無季自由律俳句という命題は広がった。

井泉水の『私の履歴書』に戻ると、彼は文中、第二芸術論争を引合に出し、俳壇、「俳句」を罵倒に近い形で非難している。語り口の烈しさは、彼が誰よりも「俳句」に執している様子が伺えそうなほどである。井泉水は当時の俳壇、『ホトトギス』系統のジャーナリズムを糾弾する。しかし彼は、みずから俳誌を主宰し、多くの門人を取っていた。有季定型を旧勢力とし、これに対する反措定として、新しい俳句の制作を旨として成り立っていたはずの「自由律」が、この時点でもうひとつの権力、勢力となっていることには、当然のことではあろうが、同じ文脈の中では触れていない。筆者には、ミイラ取りがミイラになった恰好としか見えない。

子から親に関する限り、被保護の確信を欠いた反抗は、ほとんどないとされる。井泉水は闘志を滾らせる恰好を取っているばかりで、じっさいには、彼の忌む「俳句」を本気になって殲滅しようとはしていないのではないか、という念が浮ぶ。俳句がほろびれば、彼が発明した、と思っている自由律俳句は、存在の根拠を喪わざるを得ない。仮に看板はどうあれ、その一行詩が詩として、作品そのものとして優れているのであれば、俳句、という看板にこだわる必要はない。現に、俳句、というものの域を脱けたかたちで優れた短詩は存在する。そしてそれには律の短さへ挑戦する、明白な背景がある。筆者は自由という命題に、俳句という命題に雁字搦めに縛られていたのは、井泉水自身だったように思われてならないのである。作品そのものではなく、自由律俳句、という命題は、内実としてはつねに、俳壇に対抗するこの男のジャーナリズムの、スローガンの役割を果していたに過ぎないのではないか、という思いがしてならない。そうとすれば、現今、無批判に用いられている自由律俳句という自家撞着の語は、きわめて歴史的なものである。井泉水が発明したのは、歴史的なびっくり箱である、と思う。歴史的、ということは、伝統的な、とか、古くからある、とかいうことではない。ある特定の時代の限られた地域にしか通用せず、滅びゆくさだめにあるのが、たまたま死に損い、場違いに残ってしまったもの、というほどの意味に過ぎない。錆び付いているか腐っている。そこまでではなくとも、草臥れるか、ぼろぼろに擦り切れている。

もっとも、反動が別の権力を志向することは自然のこと、と考えると、よくある悲劇、と言えば言えるのかも判らない。

2

びっくり箱を訪ね歩く。

蓋の空いた、筆者の腰ほどの高さの箱に、行き当る。井泉水の箱よりいくらか小さい。この箱に入っていたクラウンは、どこに行ってしまったのであろう。中を覗くと、ジオラマらしいものの残骸と、発条が、入り乱れて散らかっている。

井泉水の弟子が造った箱なのであろうか、と思って箱の傍らを見ると、「俳人種田山頭火之墓」という慎ましやかな、奇妙に崩れ掛けた墓碑銘が建っている。

種田山頭火は二重にも三重にも重なった悲劇である。それは、彼が身辺の不幸から酒と放浪にみずからを追い詰めていったという、あのもっともらしい物語の中身のことではない。そのような物語を持ってしまったこと、その物語を介して読まれることが、彼の悲劇のひとつである。山頭火は有名である。これに疑義を差し挟む余地はないであろう。自由律俳句と言えば、師の井泉水を差し置いて山頭火と思われている。作品ではなく作者の名という点からすれば、放哉よりも知られているかも知れない。彼の足跡は長く、東北から南の景勝地であれば、多くのところに山頭火の句碑が建っている。あまつさえ、中華そば屋の店名にまで彼の名が附されている始末である。

しかし種田山頭火という、歿後しばらくのあいだは、俳句愛好家の一部で知られるに過ぎなかった一人の男が、戦後四半世紀ほど経ってから世に流行し、知られるようになったのが、ほんとうにその作品の質によるものであったかどうか、筆者には、首を傾げざるを得ないものがある。漂泊の人生、という筋書きを好むのは、平穏な世に定住して生きる人びとの性である。潮文社が鳴り物入りで刊行した『山頭火著作集』が、時を同じくして旋風を巻き起していた国鉄の「ディスカバー・ジャパン」キャンペーンと巧みに親和し、合致したのではないと、誰が言えるであろう。何より、

——これが、俳句なのか。

という好奇のまなざしがあったからではないと、誰が言い切れよう。

放浪という物語を抜きにして山頭火という男を語る人間を、筆者は、見たことがない。放浪の背景があればこそ句が輝くのだと、人は言う。しかしこれでは句は、単なる添え物である。芭蕉の発句はあのほそ道の行程を抜きにして、時として作者の名さえ捨象されたかたちで言及されることも多いが、山頭火の句の語られ方には、殆んどつねに放浪が、物語が従いて廻る。半ば破滅的な漂泊のあゆみがなければ、彼の句は読まれなかったのであろうか。彼女等彼等は句に感動したのではなく、句に付随する種田山頭火という男の汚点と悲惨と放浪を見つつ、それで満足しているのではないと、誰が言えるのであろうか。

しかも彼の作品は、どれもがどれも優れたものばかりではない。むろん、すべての作品が一定を越えた質を保っている作家などは、稀である。殊に俳句という短い形式に於ては、その短さゆえに多作多捨の作家が多い。それにしても、山頭火の作品の多くに共通して見受けられる、ある奇妙な傾向は、いったい何なのであろう。彼の句は音韻の点から見ると、定型の韻律を積極的に崩し、縮めるというよりかは、五・七・五からただ切り取ったかのごとき、それ単体では完結していないかに思われるものが、非常に多い。中には俳諧連歌や短歌の下句である七・七そのまま、と言うべきものもある。いきおい句景の面からしても、凝縮の余地があると思われるものが非常に目に付く。たとえば同じ自由律であっても、韻律の短きに進む方向で言えば尾崎放哉、大橋裸木らの作を読む時、また長きに進む方向であれば秋山秋紅蓼の作を読む時、定型から切り取っただけ、あるいは定型を引き伸ばしただけ、という違和感を筆者が覚えることは、あまりない。彼等の作品の性質は俳句を離れ、また別の新しい何ものかとなっている。

分け入つても分け入つても青い山

山頭火の数ある作品のなかで最も知られた、と言ってまずよさそうなこの句は、私見では、無季自由律と称び得る作ではない。定型から脱皮し、五・七・五から離れたまったく新しい形式、と言い切り得ないものが、この句にはある。撥音「つ」を一音として数えれば句跨りの十七音、季語は「青い山」で夏、とすることができ、有季定型句として扱うことが充分に可能な作品である。また、

まつすぐな道でさみしい

代表作の一つとされるこれなどは、五・七・五の上五中七か中七下五を切り抜いて張り付けたかに読み取れる。神経質な感受性が、神経質な感受性のままにして、捨て置かれ、立ち消える。まっすぐにして、まっさらな道、限定されない四季の時。この句から筆者が受け取るのは、ひたすら常温の生ぬるさでしかない。「さみしい」のは読み手の方である。

ともすればこの山頭火という人は、自由律、などというものに執する必然性など実はどこにも

なく、定型のもとで鍛えてもそれなりの、いや、自由律以上に優れた作を遺し得たのではないか、という念が、筆者の脳裡に浮んでくる。ここにあるのは俳句という完成形にはなり切り得ず、そうといって、まったく新しい何かに突き抜けることもできなかった、未完成の何かである。その意味で、山頭火の過酷な放浪は未だに終っていない。少なくともその道は、数を競うがごとく建てられた、彼の句碑などに沿ってはいないであろう。かような文言の碑を嬉々として建てる者がいるとすれば、彼等は山頭火の遺したことばに目を通しても、果して、読んでいるのかどうか。中には、書き散らしにさえ受け取れる作を、山頭火が立ち寄った場所であるから、という一事をして、堂々と彫り込んだものもある。何か、あの「明治天皇聖蹟」を思い起させもする。山頭火は句碑ではなく、現実の土地でもなく、句の中にいる。そして歩き続けている、はずである。

ある時筆者は、全国各地の山頭火の句碑と、その情報を蒐めた、ガイド本と図鑑を兼ねたような本を手に取った。よくもこれだけ、というほどの句碑の多さに驚かされたが、それよりも驚かされるのは、新しい句碑が非常に多いことである。建立の時期が平成以降、もう少し遡るとしても昭和五十年代後半以降の碑が、むやみと目立つ。山頭火が一般に認知され、人口に膾炙されてゆく時期と合致する。何か、半世紀もない短いあいだに、やみくもに建てたような印象を享ける。揮毫ではなく、明朝体で機械的に、いかにも無造作に刻んだものまである。

頁を繰ると、山頭火の銅像の写真が大きく載っており、仰天した。こんなものが造られていたのか、ということにも驚いたが、それよりも、山頭火の銅像など、どのような発想と了見で造ったのか、という驚きが勝った。漂泊しながら、各地を歩き廻りながら作品を遺した男の、動かない像。漂泊した、という物語によって名が知られたのをきっかけに、こんなものが造られるとは、あまりに皮肉に思える。

写真越しの銅像の表情は、みずからの意志を伴って何かを見据えている、というよりかは、半ば茫然としているかに見える。まさに歩武を進めようとしているでもなく、屹立しているでもなく、ただ、立ち尽しているかに見える。彼の有名な写真を雛型にしたのであろうか。こうなってしまっては、彼はもう、歩けないではないか。彼はもう、どこへもゆけない。崇められ、身動きの取れなくなった「山頭火」の鈍く光る立ち姿に、筆者は、飛び出したクラウンの所在なく立ち尽す影が重なるのを見た。

「山頭火」にあやかって碑を建てるという営みは、彼の、定型へ行かなかったがゆえの未完という悲劇に、それらしい物語を上塗りし、固着し、作品そのものの読解と判断から読み手を遠ざけるという、新たな悲劇を生んでいるとは言えないか。碑の建設は、彼等が称揚する山頭火の放浪のみちを、舗装し、立派な道路にし、彼の有り得たすがたを、彼が進み得たかも知れないみちを、却って閉している。「山頭火」を崇めながら、山頭火を歴史という、息もできない狭い物語に押し込め、殺しているのは、彼等にほかならない。山頭火の漂泊はいまや、彼の俳句の可能性へのみちではなく、物語を求める人びとの象徴として機能しているに過ぎない。この碑を通して、彼の作品を一個の独立したものとして読む者が、どれだけいるであろうか。

自由「律」を称しながら、彼等が音韻の破壊と再構築、それによる新たな詩の創造にどれだけ自覚的に取り組んだか、筆者は知らない。しかし、同じ自由律俳句という旗印の下に創作した者であっても、それに成功し得た者は、先に挙げた放哉、裸木らのほか幾人かの例を除けば、非常に少ないと見える。筆者には何か、反抗期の子どものすがたが思い起されてならない。定型俳句という親に甘え切り、攻撃されないことを半ば解って反発はするが、その実、外へ出てゆくだけの胆力も思い切りもない、あの中途半端な様子である。

筆者は何も山頭火を貶めたいわけではない。これは、山頭火に限った問題ではない。無季自由律俳句という命題そのものの根柢にあった、それ自身として自立するための原理の欠如、一貫性の欠如と、その結果としての不徹底な作品の登場、さらにその帰結としての、一人の作家の顛末を言いたいのである。

たとえば放哉の遺した、自由律俳句、と称ばれるもので最も知られているといってまず問題はないであろう、

咳をしても一人

という九音の詩は、句景と語の音韻がともに三段階の展開に分けられながら、三・三・三、とし

て発音されるのが妥当と言えるであろうリズムを作り、五・七・五にはない韻律を切り拓いている。俳句の上・中・下を巧みに換骨奪胎し、新たな詩形を作っていると言える。また、

陽へ病む

という裸木が遺した四音には、明白な、短さへの意志、俳句を乗り越えようとする方向が確実に示されている。のみならず、助詞を「に」ではなく「へ」とする、助詞一つの最小限の、これ以上縮め得ない短い部分の捻りによって「病む」者のまなざしを、意志を帯びたものとして「陽」に向けさせ、たった四音を詩として成立させている。このうえ言葉を重ねるのはやめておく。日本語の短詩としてこれ以上のものがあるかどうか、不勉強にして筆者は知らない。音を切り詰めながら、中身をも充実させ、引き締めている。

詩。

重ねて書くが、そうであればもう、「俳句」である必要はどこにあるのか。ここに至り「俳句」という措定はむしろ、無用の長物でさえあるのではないか。

詩は、短さへ向う。より短く、そしてより大きな驚きを目指して。箱は凝縮する。かろうじて残っていた覗き窓が小指の先ほどになる。しかしそのとき、凝縮に堪えなくなった箱は、ふたたび膨張する。と思いきや、また凝縮へ。そのせわしさ。

度重なる膨張と収縮に堪えなくなった箱は、間もなく炸裂音とともに破裂し、クラウンを吐き出す。しかしその時、この箱はまだ箱であろうか。俳句は、まだ俳句であろうか。

当の井泉水の実作は、どうであろう。

子供等水に飛び水の太陽を撥ね散らす

掲句は改造文庫版『井泉水句集』より。この句にいかなる拡がりや、読む者を引き摺り込む取り掛りがあるか、筆者には読み取りかねる。あるとすればそれは、律を崩さねばならないという制約、制約から外れなければならないという矛盾した制約の下に、毀損されている。筆者の目が節穴であるのかも知れない。しかし十七音を大きく外れて伸び切っているにも拘らず、この句から筆者が受け取るのは、窮屈さ、とでも言い換えられる苦しさである。子どもたちが水溜りかせせらぎか判らぬが、水場を飛び越えようとし、水面に反射する陽の影を散らしている。筆者は生き生きとした句景を前にしている。同時に、この句景へ飛び込むことはできない。そうですか、と思い、眺めるばかりである。句の光景は、あくまで光景に留まっている。句の中ほどにある「太陽」に、「水の」と但し書きを附す要は、いったいどこにあったのであろう。幾ら目を徹そうと、読み上げようと、筆者にはこの一点が諒解されない。この具体的な、留保的な二語は、引き伸ばすための不要の二語としか受け取れないのである。なぜといって、句景の中にあって

「水」に「飛」んでいる「子供等」が「跳ね散らす」ものと言えば、「水」に映ったものしかあり得ず、「水の」と附さずとも「太陽」は水影の「太陽」として読み取るに充分だからである。更に言えば、仮にこの二語を省略してさえおれば、水影の太陽に限定せず、太陽そのものを蹴散らしさえする活力の持主として、「飛」ぶ「子供等」のすがたを幻視させ、さらに生き生きと描き出すことができた、と思えてならないのである。

これはもはや俳句ではなく、まして詩でもなく、単なる説明文に過ぎない。すんでのところで俳句になり得たものが、俳句になり損ね、詩になり損ねている。ここには、碧梧桐があのルビ俳句で突き抜けたような突破も、一碧樓がふらつく足取りの中に辛うじて保った抑制もない。この「俳句」から見えるのは、自由を標榜しながら、自由という縄でみずからを帰る場所から追い出し、自由に苦しめられる者の姿でしかない。

ある言語学者が言うには、日本の短詩形の五拍・七拍の韻律は、実はそれぞれ八拍なのであるという。定型俳句の場合は十七音であっても、じつは必ずしも十七の拍しかないわけではなく、二十四拍ということになる。上五、中七、下五の間は律を飛ばして読み下されるわけではなく、調子を整えるための音の空白が、上五あとには三拍、中七あとには一拍あり、下五のあとにも余韻のための、空白の三拍がある、ということになる。すなわち、八拍三拍子。筆者に関する限り、この説には得心するものがある。

しかしこの説に則ったところで、語と語の間の空白は空白として生きるはずであり、同時にそれが語の韻律を、そして語の指し示すところを生かすはずである。仮に、二十四という音韻の数が許されているからといい、ここに語を詰める一方でよいわけはない、と思われてならない。

これだけの長さの作を見ると、

――短歌をやったらよいではないか。

という念が湧いてくるのは、自然と言えば自然であるかも判らない。短さの追求とは一体何だったのか、とも思われてくる。しかしこれでは、短歌を侮っているも同然である。

短歌の界隈はどうなっているのか。伺ってみると、短歌にも自由律なるものがある。しかし俳句に較べ、普及はしていないかに見える。

俳句は、連歌の発句から切り離されて日が浅い。その積み重ねが二百年もない、比較的新しい文芸形式であると言える。未だ黎明期にあるかも判らない。この見方を取れば、その間になされた試行錯誤の一つが、無季自由律であったと言え、現在の地点でもこれが一定の支持を得ているのは、妥当と言えば言える。他方、短歌という形式は俳句より遥かに長い時間を経ており、確かな地盤が出来上っている。

やや文学史じみたことを書いてしまった。しかし、それ以上に実質的なことを述べるとすれば、短歌に許された音韻は、俳句よりも長い。これでは敢えて自由律にする必然性がないではないか、とも考えられる。三十一音、上句下句という幅の中で、悠々と言語の冒険ができる。口語形式を伸び伸びと駆使した昭和後期以降の歌に触れれば、この形式に於て、そもそも自由律なるものが必要とされなかった理由が、おのずと見えてくる。短歌の定型に許された音の幅は、非常に大きいのである。

ここに及んで、短歌をやれば、という意見は撤回されざるを得ない。井泉水をはじめ、無季自由律、というものに関った人びとの殆んどは、新しい何かをかたちづくるための、積極的かつ具体的な目的、というよりかは、定型、という概念に堪えなかったことで生じた反抗を旨として、自由律に取り組んできた。その意味に於て、殆んどの無季自由律俳人にとって、無季自由律それじたいは、実際のところは目的でも何でもない、と考えられる。反抗が核にあるとするならば、彼女等彼等は、別の形式の定型へ移ることを拒むであろう。また、仮に表現の闘を短歌に移したところで、やはり優れた作品は遺せなかったのではないか、という予感も筆者にはある。あるいは近代詩に行ったとしても、よいものは作れなかったかも判らない。近代詩には反抗すべき定型がない。その沃野に放り込まれたところで、彼等は、茫然とするばかりであろう。

みずからの箱を破壊し尽し、もとの形に戻しようもない木片に還した者が、

――これは箱です。

と主張するという奇妙な光景が、いまの無季自由律俳句と称ばれるものの姿である。散り散りになったその何かは、箱であったものかも知れない。しかしなりゆきを知らぬ通りすがりの者が傍から見れば、これは箱ではない。箱としての機能は喪われている。驚くべきことに、クラウンの登場と引き換えに箱を破壊した者たちは、箱の作り方を知らない。彼女等彼等の手許に、箱は

所与のものとしてあった。といって、作り方を学ぶ素振りさえ見せない。それは、とりもなおさず彼女等彼等が、木端微塵にした箱の直し方を知らないことを意味する。放り出されたクラウンを所在無さげに棒立ちにさせたまま、放置している。つまり彼女等彼等は職人ではなかった。職人であれば、作り方も修復の仕方も知っている。

一方で彼等は、箱の破壊と引き換えにクラウンを得たはずである。しかし、それを知らない。この微笑を浮べた、ほんらい陽気なはずの踊り手と、どう意思疎通を図ればよいのかも、知らない。

仮に彼等が、箱を喪ったクラウンを指して

――これも箱です。

と言おうと、誰が首を縦に振るであろう。日本語を操る多くの人びとは、箱の中身が何であるか、そこで何が繰り広げられているかを知らずとも、少なくとも箱の形を、いかなるものが箱かを知っている。

びっくり箱の要は、驚かせる、という一事にある。

そしてこの箱のもたらす衝撃は、さだめて一回性のものである。初めからびっくり箱と判っていて、開けて驚く者がどこにいるであろう。時折新たなびっくり箱が作られても、同じ仕掛けに二度驚く者はいない。別のクラウンが飛び出たところで関心も向けない。

また、この箱に、発条とクラウンのほかを収めることができるかどうか。彼は一瞬の驚きのうちに、いかなる景物を、どれだけ背負いうるであろうか。よしんば背負い得たとして、驚き、という役割が最前面にある以上、飛び出たその場に、景物の印象を永く留め得るクラウンは、ほとんどいない。

読者の驚きも景物も雲散霧消したあとには、お道化たクラウンの微笑が、中空に取り残されているばかりである。一しきり驚いたあと、試しに彼の面の化粧を拭き取って見れば、その表情は、苦しげに歪んではいないだろうか。

3

箱を訪ね歩く。

道端に点々と、それぞれ離れた位置に、ばらばらの向きで、箱が置かれている。ひとつひとつに立ち止り、覗き穴があれば覗き、また歩く。

そのひとつが、ぽん、と弾ける。上蓋だけでなく側面四方が展開し、筆者は後退った。あらわれたクラウンがポーズを取り、筆者に微笑み掛ける。

筆者は途惑いながら会釈し、眺める。彼の微笑みは顔に張り付いたまま、次第に、引き攣り始める。

驚きを与えたあとのクラウンには役割がない。

機知と芸を封じられ、一回きりの驚きをして役割を了えた彼が収まるべき場所は、しかし存在しない。飛び出た勢いで箱は毀れ、発条は伸び切り、蓋も閉まらない。誰もが、この毀れた箱を、元々びっくり箱だったものと判っている。しかし、わざわざ元に戻そうという人が、いるのかどうか。遠くを見ると、元に戻れないでいるクラウンが、棒立ちに立っている様子が点々と見える。

クラウンを残して歩いてゆく。

あゆみを進めると、立方体の、箱、と形容できる物体の数が、次第に減ってゆく。その代りに、箱を組み上げる途中で放り出したのが一目瞭然の何かや、木材へ滅茶苦茶に釘を打ち付けただけの何かが、眼に見えて増える。

また、箱になったはよいが、展開がまずかったのか、元に戻せないほどばらばらに木片の散ばった跡にも、出くわした。仕掛けに凝った挙句、箱の原型を留めなかった何か。火薬を使って、箱を、木端微塵にしてしまったらしい跡もある。中のクラウンは、どうなってしまったのであろうか。

歩く。

少し離れたところを見遣ると、若い男が、俯き気味にしゃがみ込んでいる。ばらばらに積み重なった材木を前にして、身じろぎもしない。

傍らに寄って、

「これから箱を作るのですか」

と声を掛けてみる。

振り向いた顔が、きっとした表情をして
「違う。これは箱なんです」

と言った。それだけで、また俯く。材木はひとりでに動かず、変らず散らばっているばかりである。ここには、あのクラウンのすがたもない。

箱。

材木が勝手に動き始める瞬間を待って、あるいはクラウンが来るのを待って、永いことここにいるのではないか、という様子が、彼の背中から伺われた。

箱とは何ですか、と聞きたくなるのを堪えた。箱の毀し方などを知る以前に、そもそも彼は、箱の作り方、組み立て方も解らないのではないか、と思った。あるいは箱が、いかなる形をしているかさえ知らず、掻き蒐めただけの材木を、箱、と信じようとしているのではないか。しかしそれを知るには、彼自身が知ろうと思い始めるよりほかはない気もする。

歩いてゆく。

どれだけ歩いたであろうか。誰か、蓋の開いた箱の前に立っている、と思ったら、クラウンである。所在なさげに、微笑んだまま、筆者の方を向いた。箱から飛び出て、どれだけの時間が経っているのであろうか。帽子は失くなり、服は擦り切れている。何も言わず、黙って彼の様子を見ていると、また箱の方を向き直り、俯いた。

どうすればよいのか、筆者にもわからない。

……一體我々の所謂「自由」といふことは「自ラ由ル」といふ言葉で、「そのものがあるべきやうにある」といふ事である。所謂「自由主義」といふことゝは違ふのである。だから、新體制下の日本にあつて、格別、あやしむべき存在ではないのであるが、然し、世間から誤解され易い名をもつてゐることは面白くない。又、「自由律俳句」といふ名は、我々が好んで名づけた名稱ではなく、誰云ふとなく、呼びならはされるやうになつたまでである。……「定型」に對して「非定型」といふべき、俳句のリズムを論ずる場合には、何とするか。それも種々に談し合つた。さうして、此方は「自由律」に代つて「内在律」とすることに決定したのである。……

殺戮と破壊、抑圧と窮迫が忍び寄る昭和十五年十二月、井泉水の私信として『層雲』に掲載された文章である。彼等の「自由律俳句」はこの第二次大戦の時期、内在律、あるいは内容律、という語をして称ばれた。看板の架け替えが行われたいきさつは、概ね引用文の通りとしてよいのであろう。

内在律、とは、いかにも無理のある命名と筆者の眼には映る。人体の声帯が、という物理的な話ででもない限り、言葉の律が、内から出て来ようはずがないからである。律とは、必ず音に乗ってあらわれる。さらに言えば受け手の存在が必然である以上、さだめて外的なものである。しかし内在律なる命名は、単に時流に迎合してのことではなく、半ば本気でそう考えていたためなのではないか、という念が、筆者の胸の裡を離れない。それというのも、大戦の前後に於て、井泉水の手による論でも、門人の手による論でも、みずからの表現形式、無季自由律の短詩についての主張は大きな変りがない。すなわち、作品の内容にある感情が外部を規定する、とでも要約できそうな考え方のもと、作者という一個の人格の存在と、その具体的な心理状態を前提に据えた鑑賞方法である。しかし、思う。それではいったい、その作品を読者は何によって、いかに把握し、判断するのであろう。言うまでもなく、読者は作品を読み、作品によって、作品を判断するのである。作品は、作品そのものとしてある。作者から切り離された位置に、まったくの外部に存在する。記されたことそのもの、つまり読解し得るもの、発音し得ること。内容がどうであろうと、それがいかにあらわされているかを判断するのは、世界観も背景もそれぞれにまったく異なる読み手たちである。作品の向う側には、人間がいる。むろん、すべての人、すべての時代に容れられる作品をものすることは容易ではなく、不可能に限りなく近いことは、言うまでもない。しかし、内容、ということを最優先にすることは、つねに外部、読解者を置き去りにする、独り善がりの危うさを含んでいる。読者は読者で、読者の能力のもとに、できる限りの読解をするであろう。この読解が、作者の意に沿ったものとは限らない。ゆえに、制作はつねにコミュニケーションの側面を有する。制作者はかくのごとき思いを込めて作ったのだから、こう読め、という考え方は、いや、「自由律俳句」という措定そのものが、作り手の独善を容易に抱え得る危ういものと、筆者の眼には見えてくる。

……一句一句が、表現の自由さに於いては一致してゐる、つまり、内容の持つ表現力を忠實に發表してゐるといふ點であつて、定型俳句に對する根本的の相違である。……

雑誌『俳句研究』一九四〇年六月号掲載の、秋山秋紅蓼「自由律俳句集」より。これは、同年に改造社より刊行された『俳句三代集』についての鑑賞・解説文である。同集は近代稀に見る大規模な俳句アンソロジーであり、全国の同時代の俳人と、その遺族から作品を応募し、全十巻に収めた。うち、別巻一冊は自由律短詩集として、三千余りの作を収めた。

引用文中では、奇妙な錯乱が起きている。内容は内容であり、表現は表現である。内容は表現に先行する。仮に表現が内容を指しあらわすものとして、この代理を務めるのであるとしても、表現は、受け手を前提とする。筆者が言葉と作品について右に記した通りのことで、表ス・現ルという字義通り、外にあるものであり、順序が顛倒している。内容は表現に先行する、つまり言語以前のものであり、それじたいに「表現力」はないからである。人は、ここで「内容」と称ばれる事物に反応し、言語を使って名前を附し、納得するか、理解する助けとし、これをほかの人と共有する。未分化のものに反応することで言葉が生れることは、自然の営みである。しかし言葉は表現であり、外部である。果して、内容や感情だけから、言葉が生じるのかどうか。かくのごとき漠然とした措定を標榜し、論理的背景として掲げている「自由律俳句」とは何なのであろう。ついでに述べるとすれば、仮に「自由律俳句」が「内容の持つ表現力を忠實に發表してゐる」としても、なぜこれが「定型俳句に對する根本的の相違」なのかは、よく解らない。韻律の相違だけで、言葉の指し示す事物の様相が変じてしまうのかどうか。いずれの作に於ても語はあくまでも語としてあり、その指し示す事物をいかに読者へ見せるかは、定型、自由律で、いや、そもそも表現形式の別で異なる話ではない。何か、個別の作品の善悪を、大きな枠組みの問題にすり替えようとする、邪悪と言えば言える意図を覚えるのは、筆者の読解力の問題であろうか。

井泉水が命題とした自由律というものが何であるか、井泉水自身も、門人たちも、実のところ解っていたのかどうか、筆者には測りかねる。解っていなかったとまでは言わずとも、共有された見解や目指すべき地点が、ほんとうにあったのかどうか。仮にそうであったとして、それでも押し通すよりほかなかったのではないか、という念が、筆者には拭えないでいる。自由であれば何でもよかったのであろうか。であるとすれば、井泉水と門人どころか、世の誰も「自由律俳句」が何であるか、答えることはできない。これは、禅問答ではない。定型への反撥から生れた以上、それじたいで輪郭を形成することは、有り得ない。「自由律俳句」が俳句を標榜する限り、それはすでに、それじたいの力で生きてはいない。

クラウンとともに、歪んだ箱の中を見る。

発条のほかは、空っぽである。

播磨すぎると但馬夏山、ここからは但馬へ川の落ちてゆく

掲句は井泉水作。三十一音、つまり短歌と同じ拍数である。発音してみると都々逸のようにも読めてしまう。これが俳句であろうか。筆者は、己が眼と耳を疑いたくなる。むろん、俳句とは季語を含んだ五・七・五のはずではないか、という観念に囚われていると言われれば、そうであるかも知れない。しかし、仮にこの「俳句」を短歌として読んだところでも、この退屈さは何なのであろう。冗長な説明文を読まされているがごとき印象のほか、受け取り得るものがない。破調は、伸びれば伸びるほど、かつてあった勢いを喪い、緊張を損い、堕落してゆく。破調を自己目的化した末の、到るべきところに到り着いた様子を、筆者は、目の当りにしている。もし、定型を忌み、突き放そうとし、それでなお作品としての質と格を保とうとするのであれば、別の定型を、つまり、破調ではないまったく新しい何ものかを生み出すよりほか、生き残るためのすべはない。少なくともそれは、看板だけで母体の定型を標榜することでも、別の既存の定型の、外面だけを借りることでもない。

しかし、これが「俳句」なのであるとしたら、なるほど、俳句、と称ばれる詩形について朧げにでも印象のある人は、驚くであろう。これが俳句なのであろうか、と。

スローガンを用いて人を徴める条件は、背景となる論理の精緻さや、その一貫性ではない。感情の動揺と、解り易さという名の、解った気になり易さである。それらしさ、と言い換えてもよいであろう。その点で『ホトトギス』の「花鳥諷詠」はまず非常に大きな成功を収めたと言ってよいし、井泉水の「自由律」の下に数多の門人が詰め掛けたのも、得心されると言えば言える。自由律俳句は、自由律という命題じたいが、既に一個の魅惑的な、定型に不満を抱いた者等を誘惑してやまないスローガンである。しかし、らしさの世界、それはどこまでも「らしさ」であり、決してそれそのものではない。内実の是非は、その追究のほどは、右に述べた通りで問題の外にある。

彼等の言う自由とは、いったい何であろう。

——私は箱なんだ。誰が何を言おうと箱なんだ。

そう思ったまま、クラウンは歩き出す。

あてどなく彷徨う彼を指して、

——彼は箱なんですよ。

という人が、まだいる。

4

筆者は、毀れたびっくり箱と、職人の墓の並ぶところへ戻って来た。自由律俳句というびっくり箱を発明した井泉水が眠る墓石は、世の、おおかたの墓石と変るところのない、落ち着いた、綺麗な長方形をしている。ほんとうにここが、彼の到り着いた場所なのであろうか。井泉水の元から巣立った職人たちが、凄絶な生きざまを採ったことと併せ思うにつけ、何か、やすやすとは信じ難い心地がしてくる。

美しき骨壺牡丹化られている

これが、さんざんに「俳句」を忌んだ人の絶句であろうか。彼の主宰誌の、追悼号の冒頭に、一頁一句を割き、職人の遺影と並んで載せられている。筆者は、いささかの当惑を禁じ得ない。律の点から見ると、敢えて上五・中七・下五に当て嵌めたところで、まったく無理がないのである。句跨りを問題としなければ、下五の音が二拍余っているほかは、有季定型句の破調として受け取ることも困難ではない。むろんこれは、定型に慣れ親しんだ筆者の読み方ではある。それにしても、律、という点だけで見れば、整い過ぎている。無季自由律俳人として鳴らした人のそれにしては、どこか、かたちの定まった何かに収まろうとする気配が、そこはかとなく漂っている。

初出の振り仮名によれば、「化られている」はバケラレテイルではなくカワラレテイルと訓む。

この、カワラレテ、の語幹の漢字が、換ではなく、変でもなく、替でもない、化、でなければならなかったのは、もう一つの訓み方から想起される意味そのままに、化けてしまった、ということを指しているのかどうか。

それにしてもこの句にある、韜晦とも思われないぎこちなさは何であろうか。「牡丹化られている」、この助詞の省略は、無理矢理に詰めて収めたかのごとき念を読み手に与える。ボタン・カワラレという音の連続には、韻律を滑らかにする工夫の痕跡は見受けられず、ただ置いた、とでも言えそうな、荒々しさに突き抜ける以前の無造作さを残している。またこれが、句景の確立に生きてもいない。それどころか、句をいたずらに不明瞭なものとするばかりである。果してここでは牡丹「が」化られているのか、牡丹「に」化られているのか。

上五中七では「美しき」という明白な主観をして「骨壺」に焦点を当てている。これを前提とすれば、読み手の眼の前にあるのは、どれほどの大きさでいかなる色合の骨壺であるか、どのような質感の骨壺であるか、どう「美し」い骨壺であるのか、読み手には判別のすべがいっさいないが、ともかくも、骨壺とするのが妥当であるかに思われる。一方で、これは飛躍の域を出はしないが、牡丹は朽ち果てた骨壺を、その中身を肥しとして生え得るのであり、骨壺のその後を想起させる。読み手の眼の前にあるのが牡丹である、という読解も、必ずしも無理とは言えない。

しかし、そのいずれに受け取り得たところで、読み手の前に立ちあらわれる景色は、拠るべき核となる事物そのものが定まらない以上、出現と消失を繰り返し、重なりも補い合いもしない。

景が定まらず、読み手が臨場し得ない以上、ここにあるのは幻視でもない。骨壺と牡丹というふたつの異なる物質は統合をあきらめ、分裂したままである。散らばった像は読み手の焦点をどこにも結ばせることなく、霧消してゆく。

むろん、筆者の読解力が足りないのかも判らない。味う術を知っているのかと問われれば、それにも首を横に振らざるを得ない。しかし、かくも短い一瞬の詩でありながら、かくもくどくどと腑分けし、理屈を捏ねねば解されない、しかも解したところで味えもしない「俳句」とは、いったい何であろう。肝心なところで何かを放り出したような、読み手の想像に擲つばかりのこの句を、優れた作と言い難い念が、筆者にはある。荻原井泉水という、一人の男の反撥と熱量が吐き出したものの顚末が、これなのであろうか。

それでも牡丹の大輪の花であれば、骨壺になることも有り得るかも判らない。また骨壺から牡丹が生えてくることも、あるかも判らない。貴方がそう言うならそうなのでしょうよ、という念が、散々に句を腑分けした筆者に訪れる。説得力というのではない。諦めに近い。なぜならこの骨壺は、「美しき」というまったき主観の持主が、作者の井泉水が入るところであろう。いずれにしても彼は、読み手の眼に骨壺が写ろうと、牡丹が写ろうと、この「骨壺」の中から、試している気で読み手を見ているのかも知れない。みずからが読み手から、あるいは時間という審判者から、試されているとは知りもせずに。

還るべき箱を、そのはたらきで毀したクラウンたちは、みずからも満身創痍となりながら、彷徨いつづける。肩を寄せ合い、囃されながら歩く彼等の顔は、かなしみの表情を、張り付いた笑みの奥に秘めてはいないか。しかし彼を箱に収めてくれる、箱を知り尽した職人は、あるいはそれに肩を並べ得る者は、もう、どこにもいない。

見方を変えれば、いまのクラウンたちは自由である。彼等はどこへでもゆける。しかし、どこへも帰ることはできない。彼は、帰る自由を喪っている。だからクラウンは、自由を知らない。棲処を、あるいは存在の根拠を喪った者がどこへなりともゆけ、何でもできることは、何もできず、どこへもゆけず、どこへも辿り着けないことと同義である。だから、いまの彼の姿が自由であると、彼じしんが知らない。彼、クラウンを箱という名辞、俳句から断ち切り、伸び伸びと躍動させ得る者は、そして彼の帰る場所――詩を新たに作り得る者は、彼じしんを措いてはいない。

孤塁

喜谷六花《きたにりっか》

野を越え、山を越え、永い行軍の中で、同志たちがひとり、ふたりと、斃れてゆく。汗にまみれ、泥に汚れ、息は切れ、陽は傾く。振り向けば、一人となっている。それでも進まねばならない。

ようやくして辿り着いた城塞は壁が破れ、土塁は崩れ、半ば朽ちている。この城を、一人で守らねばならない。とうに陽は落ち切った。相対すべき軍勢は、この、静まり返った一面の夜闇の中の、どこに紛れているか。あるいはほかの地点にいるのかどうか。いまはまだ、この崩れ掛った城には目もくれないでいるのか。しかし、いつ攻めて来るか判らない。

やがて坐り込む彼の顔に悲壮な表情がないのは、どうしたことであろう。何かを感じる段階は、とうに過ぎ越したのか、あるいは、もとより疲弊も悲哀も、感じていないのかどうか。

喜谷六花という人の俳句から筆者が受け取るのは、ひとり、淡々と孤城を守る者のしずけさである。

　彼は明治十年、東京浅草の、仲見世のほど近くに生を享けた。初名は良哉。幼くして浅草橋の禅寺、總泉寺の末庵にいた祖母のもとに預けられ、ここで少年期を過す。總泉寺は江戸期には泉岳寺、青松寺と並び、江戸城下の曹洞宗寺院を統括していた古刹である。修行に勤しむ雲水たちは彼を相手にできるほど暇ではなく、良哉少年は虫や小動物に接しながら、よく一人遊びをして過した。その彼もまた十五歳にして得度、僧籍へ入る。哲学館や曹洞宗高等学林で学んだのち、三ノ輪の梅林寺に入山。前住職の投機の失敗で廃寺同然に荒れていた境内を修繕し、二十歳にして住職となった。良哉青年は少年期に父と死別しており、自活を急ぐ必要に迫られていた。

　六花と号した彼が俳句に取り組み始めたのは、得度してまもない十七歳のころからである。『小日本』『讀賣新聞』などに投句。二十四歳の冬、『ホトトギス』主催による蕪村忌の集まりに出席したのをきっかけに、初めて碧梧桐ら日本派の俳人たちと出会うことになる。その翌年、日本派の中核であった子規は病歿。碧梧桐は新聞『日本』の俳壇撰者を継承する。六花は日露戦争へ衛生兵として従軍し、招集解除、帰国を経て碧梧桐を師と定めた。ほかの碧門の人びとと同じく、彼もまた新傾向俳句に取り組み、短詩へと詩作のあゆみを進めてゆく。

我が寡言知る客安き夜長かな

「默ってゐる人」、それが碧梧桐による六花の印象である。言葉の多寡は、その人への信頼に比例するものではない。言葉は、どこまでも現実の代用品でありながら、現実ではないもう一つの世界を作り得てしまう、ある種の危うさを含んだ道具である。人は言葉をして他者を欺くことができ、自らを騙すこともできる。それそのものではないと同時に、それそのものとなり得てしまう、道具。むしろ多弁であればある程に、言葉は、その人の輪郭を毀滅することとさえある。六花は、言葉少なに周りをよく見、人びとの話を聞き、詩作に活かしていった。創作は、窮極には一人で行うものである。しかしてあらわされた作品は、人目に触れることで評され、質を高めてゆく。また作り手は影響され合い、刺戟され合うことで鍛えられる。彼はもの静かな人であったが、周りにはつねに人がいた。大須賀乙字、小澤碧童、中塚一碧樓ら、友人たちとともに六花は詩作に励んだ。

その六花が、制作をやめた時期がある。碧梧桐が『海紅』を去るのに彼は随ったが、個人誌『三昧』でルビ俳句に突き進んだ師について行けず、そののち三年のあいだ、彼は、作品を発表しなかった。『海紅』に戻った六花は、空白の時期を取り戻そうとするかのごとくに、ふたたび短詩を制作し始めた。

碧梧桐が世を去ったのは、それから十年ほどのちのことである。六花は僧として、みずからの寺で師を弔った。碧梧桐の骨は郷里松山の寶塔寺に納められ、六花の梅林寺にも分骨された。それからまもないうちに、親友の碧童も病に斃れた。

碧梧桐が逝き、碧童が逝き、第二次大戦を経て一碧樓も鬼籍に入ったのち、六花は、戦後二十年に亘って長命している。このあいだも彼は、みずからの姿勢を変えずに詩作を続けた。筆者は、言葉を失わざるを得ない。文学史的な叙述となるが、その頃はと言えば、離反した者も含め『ホトトギス』に連なる俳人たちとその結社が本格的に勢力を増し、俳句すなわち有季定型、という認識が次第に形成されつつあった。無季自由律俳句で言えば、碧梧桐と早々に決別した井泉水の『層雲』が変らず幅を利かせていた。しかし、もはや定型俳句の場に於ても、表現の冒険を試みる俳人たちが存在感を発揮し、自由律そのものの勢いに翳りが見え始めていた。碧梧桐は、あるいはその門下の人びとは、いまや殆んどの場面で敗北者と見られていた。それでも六花の作は短詩というかたちを変えることなく、衰微を感じさせぬほど、淡々と持続している。彼は晩年、脳梗塞で倒れた。一命は取り留めたものの、そのあとにすら句作を続けている。

戦後も長命した碧梧桐門下の俳人には、たとえば彼より十七歳下の瀧井孝作もいて、ともに角川文庫版『碧梧桐句集』を編んだりもしたが、後期は主要な活動の場所を小説に移しており、句風も定型に変じていた。彼はもともと、折柴、という俳号を持っていたが、生前に上梓されたその全句集は、本名であり小説の発表名義でもある、孝作、の名の下に世へ出ている。もはや碧梧桐が生きていたころの孝作、いや、折柴ではなかったと言えるかも判らない。六花と限りなく近いかたちで世へのまなざしを共有できる者が、詩作に取り組める者が、この時、周りにいたかどうか。

彼の詩には一貫したものがある。漠然として摑みどころのない地点から、語の連なりを経て核心に、遁れようのない位置へ迫る句風は、有季定型時代から自由律短詩の末期に至るまで、変りがない。

短日や全く暮るゝ城の六ツ

六つの刻。冬の限られた日照時間が過ぎ、街も空も、瞬く間に暗くなる。永い夜が来る。役場でも博物館でもない、純粋な原型としての、軍事拠点としての役割そのままの城が、夜闇の中に存在感を放ち始める。

辺りの、全き闇。

この中のどこに、敵の兵が潜んでいるのか。寒気ばかりのせいではない張り詰めた空気が、辺り一面を浸す。外の状況は変っているのかどうか、城にあってこれを守る者は、闇の奥の有様を判りようがない。斃れた者は多く、遁げていった者も多い。彼等と同じく、遁げることもできよう。しかしみずからが去れば、この城は誰が守るのか。

生活のため、多くの読み手に制作を売らねばならない商業作家ではなく、同人作家の中でも、その時々の流行の変遷に応じ、製作、あるいは表現の対象を、形式を変える者たちがいる。驚くべきことと言える。彼女等彼等が、真にみずからの目指すべき方向、賭けるべき何事かを、世を賑わせ、多勢を占めるものの中に見出しているか、筆者には判らない。それでも世の人の中で、勢力も、見方も、絶えず変り続けている。この中でみずからのあゆみを保つことは、変らないことは、無為ではない。見る者たちには、それが動かない、静かな、頑なささえ覚えさせる様子に映ろうと、彼は戦いのさなかにある。六花の裡で、その短詩の世界の中で淡々と持続していたものが、惰性によって守られていたものとは、筆者の眼には見えない。

六花は、卒寿を迎えた翌年の冬の朝、自宅の洗面所で倒れ、家人に寝床へ連れられたのち、ほどなく息を引き取った。介抱される折、「いいよ、いいよ、ひとりでいくよ」と話したという。一人で行く。あるいは彼は、ずっと永いこと、一人で来ていたのであろうか。誰が周りにいようと、ついにみずからの胸の奥底に随い、詩と離れ、友が斃れても、みずからの詩を作ることに専心しながら。

流れないこと、それは、傍から見て孤独に見える営みかも判らない。あるいは、徒労を続けていると見えるかも判らない。しかし彼等は、口さがない者たちには見えない、確かな、豊かな何ものかを抱えているのではないか。それを取り残された遺物とすることが、誰にできるであろう。

時代

日野草城《ひのそうじょう》

1

時代に先んじる者、早過ぎる者が権力をかちとり、同時代の覇者になるとは限らない。むしろ、多くの場合に於て隆盛を誇るのは、先駆者の蹉跌を見ながらそのあとに続く、第二、第三の者たちである。といっても彼女等彼等は既存の、確固とした権力の基盤を奪取するに過ぎない。さきがけとなる者たちは浮いている。危うい存在としてほとんど理解されず、忌まれ、逐われ、時として害される。

しかし先駆者たちは案外、順番の前後などは気にしていなかったのかも知れない。あるいは先んじるつもりも、覇権を、優位を得るつもりもなかったのではないか、と、筆者は思うことがある。彼女等彼等は時として、回りの状況に影響され、触発されたがゆえの選択を採ることも、あったかも判らない。それでも最後には、ほかでもないみずからの、内部の要請に遵っただけではないのであろうか、と。つまり先駆者たちは、つねに浮きあがった位置にある。浮いたと言って悪ければ、事物の根柢までを、多くの経路を取らずして見抜き得るまなざしを有ちながら、人と人の成行を、言い換えれば世の成行を眺めている。いずれにしても、事あらば真っ先に逐われることに変りはない。

夏布團ふわりとかかる骨の上

俳句という短詩形の、百五十年にも満たない時空に於て、早過ぎた者が遺した句のひとつである。

かくのごとく、もののありようを透過し、見通し尽してしまうかのごとき句の作者が、果して、時代を先取りせんと躍起になって句をものしたかどうか。俳壇、という限られた空間で権力などという水物を得ようとして、作句に取り組んでいたかどうか。そう問われると、筆者は、首を傾げざるを得ない。

彼の名を、日野草城という。

明治三十四年、草城は、東京上野に生を享けた。本名は克修。父梅太郎は日本鉄道の職員であり、静山と号して短歌、俳句などをものしていた。この父が京釜鉄道へ転職するに当り、まだ幼年の克修も、日本が覇権を及ぼしつつあった朝鮮半島へ転居する。小学校から旧制中学までを京城で過し、帰国。旧制第三高等学校、京都帝大法科を卒業し、保険会社の社員となる。

彼の前半生のあゆみは、絵に描かれたがごときエリートの進路と見ることができる。句作に於ても、そのあゆみは華々しい。克修は父の影響を享けた文学好きに育ち、少年期は雑誌に短歌を投稿していたが、十六歳ごろから俳句に熱中し始めた。原石鼎らに指導を受け、十七歳で『ホトトギス』雑詠欄に入選。旧制三高時代に京大三高俳句會を創設し、鈴鹿野風呂らと俳誌『京鹿子』を刊行。新時代の俳句の旗手として将来を嘱望され、二十二歳の折、京大卒業を待たずして『ホトトギス』選者となった。

玉蟲やたゝみあまりし薄翅

掲句は二十五歳にして刊行された、草城の第一句集『草城句集』より。中表紙にて「花氷」と副題の附されたこの集には、父梅太郎や恋人も含め、七人もの人びとが序文跋文を寄せており、加えて草城じしんによる前書後書も収められており、撰句数の多さも相俟って騒々しいほど賑やかである。

きらびやかに輝る玉虫の鞘翅から、図らずもはみ出た薄翅、後翅。その、透けた様子。その、脆さ。玉虫を舐め回すように観察する者のまなざしの移動が、体言止めとともに、止る。句景はそれだけである。写実に徹している、としてよさそうにも思われるが、上五の切字、詠嘆「や」

が、玉虫という、それだけで絵とするに充分な、きらびやかな個体への視点をいちどきに集中させる。この一句切れが、中七下五に続く、後翅の逸した様子を、淡々と見詰める描写を活かしている。句の中にいる者の、感情を排した、細やかな部分へのまなざしが、読み手のものとなる。筆者は、小さな動くものを好奇心の餌食とせずにはいない、少年の非情のまなざしを、子どものころの、居心地の悪い記憶とともに想起せずにおれなくなる。僅かに覗く透明の薄羽は、翻って、玉虫の全体像の存在感をいや増しに輝かせる。

たとえばこの集には、彼の代表句のひとつとして知られ、草城俳句は女性の妖艶さ、という言説を構成しさえもする

春の灯や女は持たぬのどぼとけ

のような句も含まれている。むろん、この句はこの句として、優れている。春の夜の、灯の薄明りしかない室に、のどぼとけのない女の身体に近い位置に、このまなざしを有った者は、いる。男か女かは、判らない。女といかなる係り合いにあるかも、判らない。最もたやすく想像し得るであろう関係のかたちはあろうが、それは、最後には、読み手の推察に委ねられていると言うべきであろう。語られないことによる色気は、なるほど、この句にある。官能的、という感想が浮ぶことはふしぎではない。しかし筆者にはこの句の要は、女の身体の艶めき具合というより

かは、平素、薄ぼんやりと見過されている人体の、細部へのまなざし、発見にあるのではないかとも思われる。草城の句の中にいる者と視座を同じくする時、筆者は、背筋が凍るような心地がすることがしばしばである。ほかの句と併せ読むにつけ、草城の作品に含まれるある種の鋭敏さが、句の核にあるものが、異性の身体への性的なまなざし、という、浅薄と言えば言える文脈をして、黄色新聞じみた語り口で触れられる性質のものではないことが、判ってくるものと思われる。少なくともそれは、単に派手な、お目出度いものではない。筆者は、思う。かくのごときなまなざしを身に宿してしまった人が、果して時代の、人びとの趨勢に馴染み得るものであろうかと。

2

俳人草城の存在をいまに伝える事績のうち、最も名の知られたものは、「ミヤコ　ホテル」連作に於ける醜聞と論争であろう。妻との新婚旅行に題材を採ったこの連作は、その蠱惑的な中身や、写実句ではなく虚構であったことなどから、発表されるや否や、俳壇と、「俳句」に係る者たちに議論の嵐を巻き起した。この騒動は、現在に於ても彼の代名詞であるかのごとくに語られることがある。筆者は、やや当惑を禁じ得ない。草城が歿して七十年近くが経っている。それにも拘らず、日野草城と言えば何と言っても「ミヤコ　ホテル」であり、妖艶な句、と語られる場面に、しばしば出くわす。この連作のもたらした衝撃の大きさが伺い知れる。なるほど「ミヤコホテル」は、艶めかしい句と読めば読める。官能的と思えば思える。しかしていかなる背景があったところで、これらの句は、醜聞の文脈の下に語られてしかるべきものであろうか。作品は作品としてあるのではないか。草城研究は進み、俳人たちも様変りしたと言えば言えるであろうが、果してこの連作は、俗に文学史と称ばれる人間関係物語の添え物ではなく、一個の独立した作品として読まれているかどうか。

ミヤコ　ホテル

けふよりの妻《め》と來て泊《は》つる宵の春
夜半の春なほ處女《をとめ》なる妻と居りぬ
枕邊の春の灯は妻が消しぬ
をみなとはかゝるものかも春の闇
薔薇匂ふはじめての夜のしらみつゝ
妻《め》の額に春の曙はやかりき
うらゝかな朝の燒麵麭《トースト》はづかしく
湯あがりの素顔したしく春の書

永き日や相觸れし手は觸れしまゝ
失ひしものを憶へり花ぐもり
（ルビ原文）

これら一群の、抑えた詠み振りの作から、筆者は、居心地の悪さと疲労を同時に感じ取る。といってそれは、出来栄えの善し悪しを言っているのではない。むしろこれらの句は、読み手の胸の裡に、そのような居た堪れなさを及ぼしている点で、作品としての質が保たれていることを、半ば証明していると言ってよい。居心地の悪さの由来は、なるほど他人の閨を覗く折の、共感による気恥しさであるかも知れない。しかしそれでは、この疲労が何であるのか説明が付かない。作品それじたいを読む限りに於ては、少なくともこの居心地の悪さは、恥しさに由来するものではない。では、いったい何によるのか。

ここにあるものは、ある種の儀式に望む者の、油断を許されない張り詰めた神経の持続と、消失点、さらに解き放たれたその後である。この連作を読み通したのち、読み手が覚える疲労は、ことが已んだのちの、解放の心地よさが入り混じった草臥れ具合、と言うことができるかも判らない。句群を見ると、閨の闇の中で行われているであろう儀式まで、すなわち四句目までは、体言止めと、切字を用いず完了の助動詞「ぬ」をして句を止める形の、二つの句形で貫かれている。朝を迎えてよりのち、「薔薇匂ふ」以降の句にはのびのびとしたものがあり、詠み振りも多彩である。末に置かれた「失ひし」の句からは、前途の、生活という重荷への予感が否応なしに襲ってくるようである。

むろん、この連作を新婚夫婦の初夜の様相として、仮にそれが実景にあらずとも、素直に読み取ることに問題はないであろう。といって、俗に言われるがごとき、スキャンダラス、煽情的という評には、筆者は、いささかの疑問を抱かざるを得ない。抑制の利いた詠み振りは煽情的というようにはほど遠く、たとえば「けふよりの」以下三句にある緊張は、儀式のそれを想起させもする厳としたものであり、句の抱える様相は一面的な俗評を越えて複雑である。果してそのような評を表明した者たちは、ほんとうに、これらの俳句を、ひとつの作品として読んでいるのであろうか、という疑義さえ浮ぶ。三句にたゆたう闇。ここにあるのは予感である。闇の奥の核心を捉え、抑えている。それを読み手に漂わせながら、宵、夜、灯、匂、という間接情報の奥に、多くを隠している。闇の中で具体的に何が行われたかは、隠蔽されている。適切に把握していないものを包み隠すことはできない。鋭さという点にに於て、この連作の中で、草城の俳句への試みは貫かれていると言える。「ミヤコ　ホテル」は読み手の想像を掻き立て、苛立たせる。

また、連作とは言え、一句ずつを取り上げてみても作品としての質が保たれている。数と列に頼み、読み流させるがごとき真似を草城がしたかどうかは、疑問が残る。先に述べた「けふよりの」以下三句にある緊張は、どうであろう。続く「をみなとは」の句にある、「をみな」を理解したつもりとなりながら、果して闇の中へ収束させてゆく巧さはどうであろう。

問題は、この連作そのものと言うよりかは、語られ方にある。

先に述べた通り、この連作は草城という俳人を、『ホトトギス』に拠る多くの俳人たちから攻撃の標的とさせ、スキャンダルの渦中に叩き落した。後世の草城ないし「ミヤコ　ホテル」への言及の内容に於ても、多くは草城を逐った人びとの言い分に近いものであり、鵜呑み、といった感もある。しかし草城の句を通して見ると、この連作だけが悪者なのであろうか、という念がおのずと浮んでくる。連作の総体を、事前に得た情報から粗雑な印象で裁断することが、果して、句を読んだことになるのであろうか。

「ミヤコ　ホテル」に対する攻撃の要点は二つあった。一つはフィクションであること。もう一つは作品じたいの煽情的な様相。まず、『ホトトギス』では客観写生を標榜し、蕪村を先達としてその句風を奉じる潮流があった。しかしその蕪村も、歴史に題材を採った非写実句を、それも、優れた句をものすことがあった。「鳥羽殿へ五六騎いそぐ野分哉」の迫真性、読み手じしんがその場に立っているかのごとき念を抱かせずに置かぬ速度は、何とすればよいのか。

また、煽情的という点についてはどうであろう。この連作の一句ずつを、草城がものした数ある作の一つとして読む時、筆者の眼には、また別の様相が浮んでくる。たとえばこの連作が草城の諸作の中で、少なくとも同時期に於て、とりわけ、なかんずく、その句をよく特徴付け、代表するものであるか否か、と問われれば、少なくとも筆者は、首を縦に振る気にはならない。「ミヤコ　ホテル」は艶を帯びている、と言われはするが、その前後の作にも、官能的、という読み取り方をできそうな句はある。

ゆきちがふいづれもセルのをとめたち
なま〱と緋の濡れてゐる水着かな
ゑりあしのましろき妻と初詣
男をんな男をんなと雑魚寝かな
やはらかきものはくちびる五月闇

ほかにもあるが、これらの句の直截さに比すれば、かの連作などはまだ可愛らしい、とすることさえできそうである。
そしてまた「ミヤコ　ホテル」には、なるほど優れた句が集まっている。そうといって、作品としての質で言えばこれより優れたものが、彼の同時期の作にないわけでもない。果してこの連作が、草城のいとなみを代表するものとして語られることが、妥当かどうか。

春曉や夫人私室の白きドア
うぐひすのこゑのさはりし寝顔かな
十六夜の月のしづかな路地を往く

をさなごのひとさしゆびにかかる虹
大阪市今こそ眠れ傾ぐ月
颱風の後姿に人語湧く
白菊をはなれしひとぞうるはしき

私見では、「ミヤコ　ホテル」は草城という浮き上がった存在を非難し、追い詰めるための、体のよい大義名分として使われたに過ぎない。言うなれば草城は「俳句」の中にあって、俳句にいかなることが可能かを見抜き、彼自身の俳句に於て試し、示したとも言えそうであるが、それは恐らく草城の句作の、平素の営みの延長上に過ぎなかったかも判らない。彼は囚われずに冒険していた。それは、「俳句」という制度と化した何ごとかを堅持したい者たちにとっては、目障りでしかなかった。彼はのちに火野葦平の小説『麦と兵隊』から着想を得た句作をものし、こちらも物議を醸しているが、何にせよ、草城とその制作に対する俳人たちの反応は、昭和戦前の、俳壇の檜舞台にあった者たちが、「俳句」に何を求めていたか、俳句をどこまで考えていたか、その境界線を示している。彼等は俳句ではなく空気を、人間関係の潮目を読んでいたに過ぎないのではないかとさえ、筆者には思える。

文芸は、言葉をしてかたちづくられる芸である。言葉は虚構である。ものにせよ、ことにせよ、何らかの具体が言葉に置き換えられた時点で、それは幾重にもの段階を経て抽象の極に変形した、虚構のかたちでしかあり得ない。しかしそれは、虚偽ということではない。形而下とは別の、もうひとつの世界である。文芸の中で、言葉の下に描き出された光景が、実際に形而下に展開されたものであるか否か、事実に基づいたものであるか否かは、やや極論めいた言い方を取るとすれば、それは、問題の埒外にある。事実であるか否かは、俳句と、そのあらわす世界には関り合いがない。事実を「真実」なるものと取り違えたまま「真実」性云々を最大の問題とするならば、俳句をやめ、記録を取り、日誌を附ければよい。文芸そのものが有ちうる問題はここにはない。文芸はあくまでも、文芸としてある。文芸に触れた者にできることは、これをよく読もうとすること、よく味おうとすること、そしてまた新たに文芸を作ろうとすることでしかない。俳句も含め、あらゆる文芸に真実があるとすれば、そうすることを措いてよりほかに、いかなる方法で迫ればよいというのであろう。そのうえで彼等が、文芸の中にある真実に迫り得るかどうか、判ったものではない。この連作にある、「けふよりの妻」を迎えたよろこびと緊張とが、真実ではない、と言うのであろうか。「かかるもの」というほかに書きあらわしようのない、どこか安堵が混じっているかにも取れる諦念が、果して、真実ではないとでも言うのであろうか。草城は俳句の、虚構の世界に舞台を整え、この舞台をして、みずからの裡の語られぬ何ごとかをも、作品に、俳句に昇華したのではなかったか。いかなる態度をして俳句に関っているか。俳句という形式に何が可能かを、どこまで突き詰めて考え得ているか。草城を積極的に論難した『ホトトギス』の俳人たちも含め、「ミヤコ　ホテル」連作に昂奮気味に反応した者たちは、その限界をみずから告白した。そう言って凡その過ちはないかにさえ思える。「ミヤコ　ホテル」はいまに到るまで、俳人を挑発する試金石と言えるのかも知れない。

　この連作が収められた草城第三句集『昨日の花』の冒頭には、『ホトトギス』代表への献辞が一行ばかりあり、目次を挟んで続く序詞には「制作に於て甚だ気儘な僕の姿が茲に在る」とだけある。跋文はなく、この集に収められた散文はこの二つのみである。『ホトトギス』に彼を敵視する俳人が増えていたとはいえ、誰かに執筆を頼むことはできたはずである。この集の素朴な体裁が何を意味するかは、当の草城に訊くよりほかはなさそうに思われる。いや、訊いたところで判りはしないであろう。しかし筆者には、『昨日の花』のかくのごとき造りは、挑戦状のごとくにも見える。作品の是非を判断するのに他の材料はいらない。ただ、作品そのものがあればよい。俳句そのものさえ読めば、それでよい。「俳句」に首まで浸かった人びとに、これらの俳句が、読めるかどうか。石頭の教師に向けられた、悪戯小僧の微笑みが思い浮ぶのは、筆者だけであろうか。

　草城が『ホトトギス』を除名されたのは、この集が刊行された翌年のことである。それと前後して彼は『旗艦』を立ち上げ、無季句を試みるなど、新興俳句の探究にのめり込んでゆく。一方で、世は表現者たちにとって、暗雲立ち込める時代を迎えていた。戦時体制が整えられるにつれ、言論統制は文学者たちにも及び、否応なしにこれに与する者があらわれ、俳人たちも例外ではなかった。日本文学報国会には俳句部門が作られ、『ホトトギス』代表が部会長に就いた。官憲は『ホトトギス』が排した新興俳人たちを弾圧の標的とした。草城の三高、京大の後輩たちが復興した『京大俳句』同人からも多数の検挙者が出た。草城は沈黙を余儀なくされたが、大戦末期、さらなる惨禍が彼を襲う。大阪への複数回に亘る空襲で自宅が焼亡し、蔵書、資料の一切を喪失、五冊目の句集となるはずだった草稿も灰燼に帰した。

草城の不運はこれで已まなかった。敗戦後、句作と発表を再開し、俳誌『青玄』を創刊。門人たちも集まったが、結核を発症し病臥の身となった。病状は快方へ向わず、勤め続けた保険会社を退職。晏子夫人の献身的な援けの下、療養に努める中で句作へ取り組むこととなる。

3

草城の戦中から戦後のあゆみを見ていると、仮に精神が時代の趨勢に関りなく存したところで、容れ物の肉体は、現実の時空の影響を遁れることはできないことを思わせる。

しかしその精神が、危機にあるはずのみずからの肉体を、いや、危機であるからこそなのかどうか、どこか冷めたまなざしで見詰めていることがある。

高熱の鶴青空に漂へり

見る者と鶴とのあいだにある果てしなき距離が、下五で膨らむ。突き放される感覚、触覚。近くに、それも間近にあったはずの「鶴」が、一気に広々とした無限の背景、「青空」の中へ解き放たれる感を、きわめて爽快な念を、病の句でありながら筆者は覚える。読み手もまた、空高くに浮びながら、鶴を遠くより眺めているかのごとき念。

この「鶴」が、それも「青空に漂」う鶴が「高熱」、恐らくは病による熱を抱えていることを、この句の中の観測者は、いかにして知ったのであろう。熱とは、触覚によって伝わる、物理的に近い位置になければ知り得ない情報である。句そのものの読解からやや離れて、この句の着想がいずこに芽生えたかを考えると、この病熱の主は他人ではないのかも判らない。横たわる他人の身体の額かどこかを通して、部分的にその熱を感知し得たところで、想像できることは限られている。熱病の主が他人であれば、そのすがたは横たわったままであり、「高熱」はあくまで他人事のままではないかとも思える。自らが病熱を伴っていなければ、己が身が病躯でなければ、ほかの何ものかが病熱を有ちながら、その苦悶の中にあって動いている、それも、浮遊している、漂っているという発想を生むことは、むつかしい。実際に発病した鶴が高熱を生じるか否かは問題ではない。また病身の鶴が飛び得るか否かも問題ではない。この鶴は、病熱に魘される草城じしんに見立てることができる。鶴に身を借り、青空の中にある高熱の草城の、意識。その意識を読み手も借りつつ、この句の世界に漂っている。

筆者は初め、歳時記でこの句に触れた。句がものされた時期、草城という人が結核の療養を続けていたことは、あとから年表と集の跋文で知った。しかし、かくのごとき伝記的事実と重ね合せたところで、答え合せにもなりはしないのではないか。それに、俳句の答えとは何であろう。一句に可能なことは、ただ、向う側の世界に読み手を連れてゆく装置としての機能、という気もする。作者が病身であると決めて掛って読もうと、草城の年譜的事実から離れて句そのものを読もうと、充分に病苦の浮遊感を味い得るのではないか、とも思える。それにしても、肉体の苦悶をかくのごとき作品として昇華したことに、筆者は、厭な汗を掻きそうな思いがする。「鶴」はいかなる葛藤も不可能もなく「青空」に舞うことができる。しかしその身は地上で揉まれ、ぼろぼろで、病んでいる。あたかも這う這うの体で、やっと脱出してきたかのごとくに、飛ぶ、というよりかは「漂」っている。いまのところ方向はない。しかしもともと、彼に方向など必要だったのであろうか。少なくとも草城は、ただ俳句を突き詰めていたかにも見える。

この句は草城の第七句集『人生の午後』に収められたものである。彼の句友、鈴鹿野風呂と五十嵐播水から寄せられた序文と跋文からは、草城の病状の深刻さがよく伺える。収録句のあらわす光景にも、病に由来すると思われるものがあるが、詠み振りはむしろ静謐である。どこか、自らの身を突き放し、遠くから見詰めているかのごとき、淡々とした調子が貫かれている。筆者はこのことに、戦慄を覚える。播水の手になる、ほとんどすがるように自愛を請う悲痛な調子とは、あまりに綺麗に対照をなしている。

人生の午後、とは、人の一生を一日の時間に置き換えた喩えの、そのままの意味であろう。まだ陽はあるが、夕に接し、夜を思う。そのような時間と言える。まだ息はあるが、死はそう遠くはない。かくのごとき喩えは、みずからの身体が崩壊へ向っていることへの明晰な自覚で、つまりみずからの身体を、あるいはみずからの存在を、絶対のものではない、死を定められた可塑的なものと認識し、対象化することで生じる。彼は酷烈な病苦の中にありながら、ある意味で、何ごとかを演じている。劇の演者として振舞っている。しかし筆者は、思う。彼にとって、その振舞は、もとからのものではなかったか。劇。演者。といって、それは、自己欺瞞や、自己規定と称び得るものではなかったであろう。物語化というのでもない。そのような芝居じみた気配は、詠み振りの奥に隠蔽されようとしている。

劇。実景ならざる句の創作も含め、俳句という営みに於て、それが、草城という男にとっては平素の状態であったかも判らない。いっぱんに、向き合う人間、出会う場面により、人は、振舞を変える。その意味で人は、つねに演戯をしていると言える。ただし、ほとんどの人にとり、その切替はごく自然なこととして、無意識裡に行われるに過ぎない。人と人のあいだ、無数の他者の中で生き延びるための、無作為の演戯。草城はしかし、俳句という舞台の上に立ちながら、それを意識的にやっていたのではないか。といって、みずからの行いがどう見られているかを気に病みつつ、他者の視線に毒されることが前提の振舞を取っていたわけでは、なかったかも知れない。そうではなく、己が身の外側に立って、みずからと、みずからの俳句を見詰めていたのではないかと、草城の一連の句に目を徹しながら筆者は思う。彼は、みずからを突き放したところから、時代の遷移の中で揉みくちゃとなるみずからの姿を、ただ見ていただけではないか。それは彼にとり、平素の状態であっても、自然ではなかったのかも判らない。草城の俳句に於てこの振舞は確かな認識の下に、しかしさとられぬよう行われていた気配がある。言うなれば彼は演者であると同時に演出家でもあった。草城は創作という虚構を、きわめて意識的に組み立てていた。完璧な世界の構築。しかしそうであるからといい、彼の俳句に於ける演戯は、みずからの人生を、みずからを主役とした物語に擬えるという、三文芝居じみた、手ぬるく、生易しいものではない。彼の句にあらわれるまなざしの鋭さは、みずからに向いていた。おおかたの人びとにとっては、その存在が自明に思われ、対象化されることのない、己、というものの意識を、ほかならぬ自分じしんの鋭さゆえに突き放してしまった者が、いかなる振舞の下に生きざるを得なくなるか。

草城頑張れ
妻子を擔ふ片目片肺枯手足

彼の歿後、遺稿を蒐めて編まれた第八句集『銀』より。下五「枯手足」は譬喩表現であろうが、季語を「枯」として冬とすることもできる。

私事となるが、筆者は、前書を附した句をよいと思うことが少ない。俳句単体では作品として成立しない十七音を説明で補う、すなわち作句者の力量が不足していることを隠蔽するだけの機構として、俳句を物語に擬えつつ働くことが、少なくはないからである。繰り返しになるが、俳句は俳句である。前書は句の背景を補うものとして機能する限り、つねに、俳句そのものをスポイルする危うさを含んでいる。しかし掲句ではこれが奇妙に皮肉めいた働きを見せ、句と相互に引き立て合っている。

この句は一見して、正面から大真面目に読み取れそうでもある。そして読み手によっては、感動することができそうである。しかし、頑張れ、という、どこか無責任で、滑稽ささえ受け手に思わせるであろう励ましの決り文句を、前書の「草城」はみずからに向けてはいるものの、いったい「片目片肺枯手足」でどうやって「妻子を擔ふ」というのであろう。「擔」われているのは貴方の方であろうがよ、と、茶々を入れられるのを待っているようにも、筆者には見える。崩壊しつつあるみずからの肉体への描写、中七下五の名詞の詰め込み振りは、「妻子を擔」わねばならないはずの句の中の人物へ、弁明の余地を与えない、きわめて容赦がない筆致にも受け取れる。筆者は掲句から、いささかのナルシシズムをも受け取ることができない。

枯手足とは譬喩でありながら、実際のところは、譬喩でも何でもないであろう。ここにあるのは病臥を続けて四肢の筋肉が落ちたばかりでなく、もう一方の「片目」の光を喪い、もう一方の「片肺」を結核菌に蝕まれた、死にゆかんとする者の、殆んど肉を喪った体躯である。片目、片肺、枯手足、の語の連なりは、単に語の響きの好ましさから決められた順というだけではないであろう。身の振舞に、演戯に重きをなす部位があとにあとに来るよう、これらの語を整えたかにも見える。ものを見ずしてもものを言うことはでき、言葉の息を整えずとも、身振り手振りさえあれば何事かを伝えられはしよう。しかしその、四肢の動きさえ封じられたらどうであろう。ほとんど息も絶え掛った己が身に、己が名とともに掛ける「頑張れ」という一言を、本気と捉える者が、読み手にどれだけいるのであろう。身近な、彼のことをよく知った人であればいざ知らず、かくのごとき光景を見た者が、凄愴なものより前に感動を受け取るかどうか。

興味深いのは、己の生名ではなく俳号を呼び掛けに用いていることである。彼はかくのごとき身体となってなお、演戯をやめなかったのではないか。俳句の、言葉の世界が、彼の生命に残された最後の舞台であった。そしてそこは、彼が最も心血を注いだ場所だったのではないか。

草城は最晩年に到り、『ホトトギス』への復帰を許された。同誌のかくのごとき動向はどこか芝居じみ、またアリバイ作りじみている。もっとも、その期に及んでは、草城にとっては同誌からの追放も復帰も、根本的な問題ではなかったのではないか、と思わせるものがある。なぜといって彼は彼で、後ろ指を差され、病魔に侵され、家人の援けを得ねばならない身となりながらも、みずからの俳句を続けていた。『ホトトギス』の俳人たちも草城も、それぞれに芝居を、劇を演じていたかも知れない。とはいえ、一枚も二枚も草城が上手であったように見える。おおかたの文学史には、俳人たちに振り回されたのは草城の方であるかのごとくに、記されてはいる。

しかし実際のところは、草城が俳人たちを、時代の趨勢とは関りのない彼の舞台に引き上げ、振り回した、という気もしてくる。いわゆる俳壇史は措き、草城の句そのものの動じない様子を眺めていると、筆者はそのような思いを強くする。「ミヤコ　ホテル」で草城をこき下ろした同時代のある俳人が、先に挙げた「高熱の鶴」の句をして評価を一転させる、ということがあったが、草城の句も劇も、実際のところは一貫している。そうとするならば、その彼が「高熱の鶴」に到って掌を返したことに、筆者は、啞然とするよりほかの反応を示し得ない。草城の俳句は変らない。句のうえで扱われるものが、それを指す語が変じたに過ぎない、とするのは過言であろうか。いずれにしても、同時代と踊るばかりの人の反応などかかるものかも、という思いはするが。

そうといって筆者は、時代に背を向けよ、と言っているのではない。教訓めいたことを書こうとは思わない。それ自体、きわめて同時代的な行為である。それに、人が肉体を伴うからには、人の集団の中におらずには、あるいは渦中におらずとも、集団と関りを持たずには、生存できない。そうであるうえは、あるひとつの時代の中で生きることは、まぬかれ得ない。では、どうすればよいのか。

有象無象の人びとと関りを保ちながら、他方ではみずからの探究に専心する。草城にとって、それは、孤独ないとなみであったかも知れない。それは彼に句友がいたこと、門人がいたこととは、関りがない。しかしその孤独は彼の常であり、必ずしも、不幸、と形容されてしかるべきものでは、なかったかも知れない。もっとも、短詩形は座の文芸、などという命題に首まで浸った人びとが、あるいは作品を読むことではなく、人間関係を追うことが文学なのだと思っている人びとが、それを解するかどうかは、筆者の与り知るところではない。

影

高濱虚子《たかはまきよし》

草枯の野を歩く。

この平原がどこまで続くのか、いまの筆者には見当も付かない。ゆっくりと踏み分けている枯草は一様に褐色で、みな、生命とともに名をも喪ったかに見える。遥か遠くに望む連嶺はなだらかだが、裾も見えない。空気は冷え切り、芯まで凍えそうである。

筆者は句を読んでいるうちにいつしか迷い込み、彷徨い歩いている。永いこと歩いているが、遠い嶺の頂に当る陽光は、陰との境目をいささかも変じない。いまは朝なのか、夕なのか。いずれにしても、身体の芯まで凍てそうなほどに寒い。

ここはあの、松尾芭蕉の遺した枯野であろうか。違う。この寂寞とした光景の中には、夢など駆け巡っていない。死にゆく者の夢を西方に運ぶであろう風も、吹いてはいない。この寒さのゆえんは北風ではない。空気の冷たさである。また、ゆき倒れた旅人のすがたも見当らない。それどころかこの野には、筆者のほか、ひとりの人影をも確かめることができない。どこかに紛れているのかどうか。見回そうと、目を凝らそうと、薄暗い山蔭が、野の一面を覆い尽している。筆者ひとりしかいないかに思えるこの枯野の中には、しかし誰かがいる。跫音も臭いも感じられはしないが、確かにどこかにいて、筆者を見ている。粘り付くようなまなざしの気配に堪え兼ね、振り向くが、やはり誰の姿もない。

この、影の不在は何であろうか。子規が鶏頭の句に込めたあれと、同じものであろうか。近いものかも知れない。それにしては、人物のすがたが見当らないのが気になる。

するとここは地獄であろうか。

地獄、地獄と、行ったこともない彼世の一地点を、判ったように口にし、書き立て、句にも織り込んで来たが、もしここが地獄とすれば、思っていたよりはずいぶんと生温い。しかし、これがいつまでも続くのであろうか。死んで遁げることもできないとすれば、なるほど苦しいであろうが。

遠山に日の當りたる枯野かな

地獄。

筆者にはこの枯野を用意した人物の、いや、枯野の正体の心当りが、次第に付いてきたかも知れない。子規の弟子として、露月、紅緑、そして碧梧桐らとともに学んだ者。それだけであれば、ほかにも大勢いる。しかしその中でも、子規による指導の下にあった俳誌『ホトトギス』を彼から引き継ぎ、子規から後継者に指名されようとした者。そこから逃避し、散文に走りながら、ついに俳句へ立ち戻った者。俳句を自由律ではなく、発句を継承する有季定型のかたちに押しとどめ、みずからはその擁護者として振舞った者。その中で無数の門人を抱え、時としてその中から、みずからの脅威となりそうな俳人を追い落した者。

これだけの経歴に彩られる中で、彼の像は奇妙に分裂している。近代俳句の確立者、大人物、権力者、俳壇の大御所、黒幕、微笑する者。表情が、見えない。真向いのすがたか、うしろすがたかも判らない。影ばかりである。子規が包まれていたのよりも、もっと、もっとどす黒く、奇妙に透明感のある、影。

俳人の中には、芭蕉、蕪村に連なる者として彼を挙げ、三人の俳聖の系譜、とでも言える物語を、披瀝する者がいる。筆者にはこの見方は、二重三重の意味で、強い違和感を禁じ得ない。まず蕪村の句の普遍性を発見し、紹介せんと努め、さらに蕪村研究をまず実作に生かしたのは、彼ではなく、彼の師の子規であると言える。その遺産を引き継いだ彼は、子規に近いことをしたに過ぎず、子規の生に許された時間が短かったとはいえ、独立した功績ではない。また、写生というスローガンや、句形というところではなく、子規の文学活動の基底にあった方向、実験の精神を最も忠実なかたちで子規から受け継いだのは、彼ではなく碧梧桐と言える。仮に子規を芭蕉―

蕪村に連なる系譜から飛ばしたとすれば、碧梧桐を異端の失敗作として排するに差し障りがなくなる。

人の営みの連続は点と線の集積であり、その総体は面をかたちづくる。歴史、という語はほんらい、この面の遷移に使われるべき言葉である。しかしほとんどの場合に於てこの語は、果てなき面の中から選び取られた、ごく一部の点と線の連続、すなわち物語を指して用いられるばかりである。むろん、彼が子規の門人のひとりとして、散文に走りながらも、最後には俳句へ専心したことは、疑いようのない事実としてある。しかし本来は離れた時空の中にあって、それぞれに孤立した、個別の独立した人間同士を結び付ける操作の中で、何を選び、何を棄てたかに、その人物の、意図の輪郭が浮き彫りになる。

また、身も蓋もないことを言えば、作品の評価にかこつけて作者を権威とすることには、作品それじたいの善悪とはほんらい関り合いのない、ある種の邪悪さが垣間見える。そのような物語が、何になるというのであろう。芭蕉を俳聖として崇め奉ることが、彼の細道の句を味うことになるのであろうか。蕪村は子規による再評価が行われるまで、とりわけ注目すべき俳人、というほどには見られていなかったが、蕪村を教祖として扱うことが、その句を読むことになるのであろうか。

かくのごとき見方は、彼の弟子たちが、彼を権威にせんとして作り上げたものであろうか。そうとは言い切り難いものが、筆者にはある。彼が編んだ、師である子規の句集の出来の悪さは、それではいったい、どう説明すればよいのであろう。芭蕉、蕪村。このあとに白雄でも井月でも子規でもなく、彼の名を入れようとしたのは、彼じしんだったのであろうか。しかし彼の手になる句にも、散文にも、当然のごとくそのようなことは記されていない。筆者は断言し切れない。そんな彼の到り着いたところが、この、荒涼とした枯野の世界なのであろうか。

句の中途には切れも文法的断絶もなく、下五末は切字「かな」で締め括り、感興を強調する辺り、子規の、あの「写生」とされ勝ちな鶏頭の句と構成は近しいが、しかしこの句のぞっとするような冷かさは何であろう。ここにある、読み手が句の世界へ入り得る足懸りの座は、空白というより、また不在というよりも、無、という語がよく合うかに思われる。

この枯野は、単なる枯草の占める野ではない。もはや遥か遠くの山、それもつむりの辺りであろうか、そのような高所にしか陽光の当らない黄昏時の、見渡す限りを日陰に覆われた、まったき薄暗さの、きわめて朧げな世界である。

枯野、に係る「たる」は存続の助動詞である。時間の経過は、時刻は判らない。この句に描き出された光景が朝か夕かの議論があるという。なるほどどちらにも読み得る。しかし筆者には、この句のあらわす世界は、句外の解釈を能う限りに拒みつつ読むとすれば、下五の「枯野かな」は、これからの夜のおとずれを、人家の灯もないまったき闇のおとずれを確信させる、あまりに寒々とした慨嘆と思われてならない。この句の視座を有つ観測者はどこにでもいるが、どこにもいない。枯野の全き日蔭の中に、その影を溶け込ませてしまっている。誰でもないが、誰でもあるという、あの、鶏頭の句にあった不在どころの話ではない。

筆者はいつしか立ち止っていた。胸の裡で、問わずにおれない。あなたはほんとうに、これでよかったのか。

枯野は動かない。


あゆみを進める。無限にも思えるこの展がりを持続させているものは、何であるのか。

彼は門人か、それに准ずる人びとの句集に、序文や跋文をよく書いた。そして、彼等の印象を輪郭として、みずからの自画像を描き、みずからの物語をしたためた。しかしてその中央は、つねに空洞である。顔が、ない。彼の肖像として出廻る多くの写真の中の男の顔には、つねに、曖昧に見える微笑みが貼り付いている。破顔ならぬ微笑は、多くの場面に於て、相手の攻撃的な意図をいなし、みずからについて一切の理解と干渉とを拒絶する相である。その人の背景も、思考も、執着も、あらわしはしない。むろん、ここでは彼の人格が問題となるのではない。作者がいかなる愚者であろうと、いかなる賢者であろうと、最も問題とされるべきはその作品である。しかし、彼の下を離れんとした門人に向けて書いた、句集の跋にある、どうとでも取れそうな微笑はどうであろう。


……或人が、ホトトギスの作家のうちで、一番早く俳句を見棄てる人は山口誓子であらうといふことを言つた。私は肯定も否定もしなかつた。唯微笑をもつて答へた。其心は或はさうかもしれぬ、或はさうで無いかもしれぬ、と考へたからである。

（……）今の誓子君は漫りに俳句界を去る如き輕擧は敢てしないといふ愼重さを見せてゐる。又自分は世に處するに凡て消極的であるといふことを云つてゐる。又俳句は花鳥諷詠詩であるといふ私の所論を肯定して、其爲めに所謂正確緻密なる論歩を進めつゝある。

此の「凍港」三百章を讀む人は、誓子君が或は俳句界を見棄てるかもしれぬといふことを是認するかもしれぬし、或は俳句界に歩を駐めて、長く征夷大將軍たらんとするものとも看取するであらう。又俳句は如何に邊塞に武を行つても、尚且つ花鳥諷詠詩であるといふことをも諒解するであらう。

これを若人への激励や挑戦状と読み取るのであれば、相当にお目出度い。かくのごとき文章を、呪縛以外の何として受け取ればよいのであろう。どちらに転ぼうと、お前は俺の掌の中にある、という、纏わり付き、黏り付くがごとき呪い。ここにある彼の表情から、老いた権力者の妄執のほか、何を読み取ればよいのであろう。この句集の主は、跋文に於てやはり微笑で返しているが、その溌溂とした相は、彼の微笑からはいささかも認められない。戦後、詩歌評論というふしぎな営みで飯を食った者たちの多くは、この微笑に従い、彼の権力を追認し、彼の「花鳥諷詠詩」の物語へ追従するに終始した。

散文は、物語は、終らない地獄である。書けば書くほど深みに嵌り、嵌れば嵌るほどに空白が生れ、その憶測の余地を塗り潰そうとすれば、更なる憶測の余地が生れる、地獄。この、埋らない空白は、つねに文字を模るインクの陰の位置にある。彼はこの陰にみずからの身を没することを択んだ。離れられなかった、といったほうがよいかも知れない。彼は、みずからの師である子規にも増して、多くの散文を遺した。その文字列の陽の面が、彼の望んだであろう物語を作り上げた。

筆者はいつしか、枯野を行きつ戻りつした末に、自室の机上に、彼の句集を展げている自分を発見している。俳句に係る者がこの枯野に執するか否かは、いまや、一人ひとり次第と言えるかも判らない。言葉の上に枯野を整えた、彼じしんのほかは。

しかし筆者は、ものすごい寒さを覚え続けている。枯野にあって覚えていた、あのおどろおどろしいまでの寒気は、いまだ、身体の芯にその気配を留めている。この寒さが、彼の正体ではないか。そう思いさえする。しかし筆者には、どうしようもできない。彼を、あの枯野の中の影にしてしまったのは、ほかならぬ彼じしんであるから。

彼の句を読みながら、ふたたび枯野へ足を向ける。

冬枯の道二筋に分れけり

どちらへゆこうと同じことであろうか。どの道を採ったところで、荒涼とした中へゆかざるを得ないのであろうか。あるいは、そうではないのであろうか。不安と、風が吹けば掻き消えそうな淡い期待。

彼は主宰誌『ホトトギス』が五百号を出したことを記念し、以降、五十号ごとに刻みながら、自撰句集を刊行した。これら「五十句集」に掲載された句は、いずれも日附、発表した句会、吟行の場所、出会った人物と、句の背景情報、附記に満ちている。これらの記載を無視しての通読が困難なほど、一句一句、執拗に記されている。「五十句集」の掲載句が他の媒体に掲載される際の体裁は、附記は略されていることが多い。しかし、近代俳句の確立者として、大御所として振舞っていた者が、みずからの手で編んだ句集がかくのごとき様相であることに、筆者は、大きな困惑を覚えずにおれない。彼は、物語を遺さなければ、俳句をできなかったのであろうか。詩を作れなかったのであろうか。彼は俳句に行ったところで、散文の、いや、物語の地獄から遁れ得ず、ついにみずからそこへ嵌り込んでいったのではないか。みずからの手で、みずからの人生を物語に、他から見られることを前提とした筋書きに、仕立て上げてしまったのではないか。

仮に、彼が子規歿後まもないころの青年時代、抜きん出て優れた散文作品を残し得なかったとしても、それでは俳句には才があったのかと問われれば、筆者には判らない。それというのも、彼の代表句と言われる作品、しばしば取り沙汰される作品は、彼が身を置いた俳壇の、あるいは代表を務めた『ホトトギス』の状況、それも、人間関係の状況を背景として把握しておかなければ、作品として読めたものではないものも多いからである。もっとも、才があろうと、なかろうと、優れた作品をものしたければ地道に精進するであろうから、才の有無の問題ではないのかも知れないが。

たとふれば獨樂のはぢける如くなり

たとえばかくのごとき句が、何の書附も添えず、作者の名も附さずに、一個の作品として鑑賞に堪えるかどうか。

歳時記の例句に、前書を略したかたちで彼の作品が載っているのを見て、そこだけ一段下がったかのような出来の悪さに、首を傾げたことがあるのを覚えている。文学史的な背景をよく識らず、ただ、歳時記を俳句の入口として、作品をただ味おうとする者の眼からすれば、例句として挙げられる、ということは多くの者に識られているそれらの作の大半は、句として独立していない。詩歌というよりかは物語の小道具であり、状況説明の域を出ない。先に掲げた独楽の句、かくのごとき物語に倚り掛った句が、彼を代表する作の一つとして挙げられることを、彼じしん、どう思っていたのか。何とも思っていなかったのかどうか。むろん推して知るよりほかはなく、また俳句そのものとしての評価に於ては、ほんらいは、そのようなことはいっさい関りがない。

それでも、思う。彼にとって俳句とは、ただの、物語の添え物に過ぎなかったのかどうか。

しかし、仮にそれが、作り手による能う限りの統御の下に構築されたものであろうと、作品は、すべてが作者の意図の下にあるわけではない。作品は独立している。作者の筆によって描かれたはずの物語が、作者みずからの思惑を、意図を逸することがある。筆者はここで、当てを外すとか、勝負に敗れるとかいったことを言うのではない。もっと小さく微妙なところに、意外、不意が滲み、あらわれる、ということを思っている。その身に物語を充満させた者が、物語を逸した位置に、あるいは、詩が、俳句が生れるのであろうか。彼がみずからの手で撰し、編み、ということはほかの多くの句を棄てることによって生み出された集を、一句ずつ読み込んでみる。計算され、制御され、選択されたはずの集の中にある、代表句とされる句の外に、あるいは、彼の不意の部分があるのではないか。

「五十句集」は興味深い営みと言うことができる。

『ホトトギス』五百号の記念に編まれた、最初の『五百句』は、文字通りに五百号分、それまでのほとんどすべてに近い彼の作から、ゆとりを持って句を選ぶことができたであろう。しかしそれ以降、同誌五十号刻みごとに出た彼の自撰句集は、直近五十号分という、限られた短い時間の範囲で撰されるようになった。撰の範囲は変りがない一方で、撰されるべき句の数だけが、年を追うごとに増えてゆく。無理が生じても、おかしくはない、みずからの首を締め上げるがごとき活動にも見える。むろん、このようなことをしておれば、挫けないうちであれば、厭でも鍛えられるであろう。句の数を増やしつつ、類想句でお茶を濁すのをよしとせぬ場合、句風を拡げ、みずからの殻を破るよりほかに途がない。その極が『六百五十句』と筆者には思われる。

食ひかけの林檎をハンドバッグに入れ

この一瞬の、生々しく、鮮烈な光景をどう受け取ればよいのであろう。これが、有季定型の伝統句形を擁護し、花鳥諷詠、などということを、尤もらしく鼓吹していた人物の句であろうか。句の中の人物、あるいは句の世界の中にいて「食ひかけの林檎をハンドバッグに入れ」た詠み手じしんに何があったのかは、誰にも判らない。何かに驚いての咄嗟のことであったのか、それとも茫然としていたのか。物体と動作のほかの要素は、それらの構築する一瞬のできごとのほかは句の中にないにも拘らず、果汁の湿り気を帯びた、林檎の歯形から放たれる臭いが籠りそうな「ハンドバッグ」の、その後、その不安定な様相は、どうであろう。

掲句は上五から下五まで文法的な断絶が一切なく、切れもない。散文の一部を切り取ったもの、とも見られそうである。しかしこの句は、描写だけで詩として成立している。視点の移動は非常に滑らかである。滑らか過ぎ、速過ぎる、のである。この速過ぎる描写が、常ならざる、と言うべき、生の、「食ひかけの」果物を「ハンドバッグに入れ」る行為の描写に、集中して施されている。この行為の、いっさい記されてはいない前後の何事かを描き出しそうにして、ついに抑え、描き出さない。物語の存在を予期させ、期待させようとしながら、ついに明さない。読み手にはどこか滑稽さを覚えさせながら、穏かならざる、落ち着かない、意味を逸した心地に連れてゆく。下五の終止形ならざる「入れ」が効く。さらに言えばこの句は「林檎」を秋の季語として用いながら、「ハンドバッグ」という、横文字の人工的な小道具の名詞を、紙幅を割いて織り込むことで、何か、伝統的な春夏秋冬の様相から外れた、都市的と形容するのが妥当かどうかは判らないが、工業生産物を土台とした生活の様相を見せてきそうでもある。ここでの林檎は、秋の風物というよりかは、街に集積された数ある嗜好品の一つ、とでも言えそうなすがたを、読む者の眼に映しはしていないか。

かくのごとき句をものした彼は、殻を破った先の、新たな己に出会うことができたのかどうか。それともこうした部分を初めから抱えながら、表にはあらわさずにいたのかどうか。

しかし、清新な句がある一方で、瑕疵と受け取られてもふしぎではない箇所が、この『六百五十句』にはある。類想句と認められかねない、句形も句景も非常に近しい句が、年度越しで複数に亘って掲載されている。筆者は、目を疑わざるを得ない。自分で一度作っておいて、忘れていたのかどうか。しかも編輯のさなかにあっても、いずれかの句の存在を忘れたのかどうか。集に纏めんとしてみずからの眼で見分け、みずからの手で撰している以上、選り分けることはできるはずである。敢えて言葉を択ばずに言えば、彼が、かくも不細工な体裁をみずからの集に、いや、みずからの行いに許したことが、信じ難い心地がしている。

しかしそれも、筆者には断言できない。敢えてなのかどうか、あるいは、恍惚の域に入っていたのかどうか。このことを、彼の門人か、同じく俳人の息女か、お仲間の文化人でもいい、誰か何か、言ってくれなかったのか。敵と定めた者たちを追い落し、誰がどうしようと不動の位置を得た彼の傍らに、対等なかたちで言葉を交し得る者が、誰か、いたのかどうか。

『六百五十句』ののち『七百句』は刊行されず、これが、彼じしんの編んだ「五十句集」の末尾となった。『七百五十句』は彼の歿後、息女によって撰され、刊行された。筆者が述べ得るのは、その事実だけである。

春の山屍をうめて空しかり

彼はみずからの手で、みずからを物語としたかも知れなかった。しかしそれは同時代の俳人たちの血を、そしてほかならぬみずからの実体をして贖われたものであり、彼の影はもはや、漠々と、寒々とした、この、枯野の陰の中にしかない。

いつしか筆者は彼の物語に、影のありどころに執し、もう一つの物語を述べ立ててしまったのかも知れない。永遠に続くかに思える、荒涼とした野を彷徨い続けている、誰からも捉えられることのなくなった影。筆者は枯野の外にあって、その人の名を呼んでみたい慾求に、駆られる。高濱虚子、その名を。

平熱

小杉余子《こすぎよし》

学生のころ、筆者は一度だけ、銚子の街を訪れたことがある。

東京駅から総武本線の普通列車を乗り継ぎ、東へ向う。千葉を過ぎて程なくすると田園風景が悠々と展がり、きれぎれに続く集落のほかは、豊かな緑と空の青が車窓を覆った。小さな駅を一つ一つ、拾うように停まるたびに客が降り、車内は閑かになっていった。

銚子駅に着くと、更に銚子電鉄という小さな私鉄に乗り換える。よく揺れる古い電車は、市街地の中ほどから海岸に近い辺りへ、ゆっくりと走った。

終点の外川駅で降りる。家々の間の、車一台がやっと通れようか、というほどの細い坂道を少し下ると、広い漁港へ出る。潮風は心地好いが、平日の昼下がりの漁港に賑いはなく、閑散としている。といって寂寥としているわけでもなく、二、三人の漁師が、岸壁の辺りで何ごとか働いていた。漁船は繋がれ、春先の穏かな波に包まれながら、巨きくはない船体を休めている。どこからか、子どもたちの遊ぶ声が聞える。漁港があり、水産工場があり、田園があり、交通があり、生活の場がある。人間の生活に必要なものが、過不足なく、必要なだけ整っている。そのようなことを、思うとでもなく思っていた。

関東の東端に位置し、日の出が美しいとされる犬吠埼に、水平線が円かに視えるという展望台を擁し、観光の宣伝もしながら、どこか平静で、あるべきようにやっていてくれ、とでも言いたげな空気が漂っている、落ち着いた佇まいの街。港に佇んで海を眺めていると、いつしかそのように考え始めていた。水平線が円かに視える街。地球という惑星の球形の、その孤の一端が視える地点に、この温和な空気が流れていることじたいが、とても印象深かった。地上どころの話ではない。この星のかたちが、この星のかたちと判るように視える、ということは、宇宙という非情の空間の一端に接していることが、肉体を通して判り得ることでもある。そうでありながら、この街では淡々と人びとの生活が送られ、人びとの穏かな呼吸が変らず漂っている。

この、星の閾から半ば外れた街につつましく流れる、平静でありながら弛緩しない生活の空気の中にあって、筆者は、世俗で功名を得ることがやくざな、どうでもよいことに思われてきた。いまから十年ほども前のことであるが、いまもあの街の静かなすがたは、そう大きく変っていないのではないか、と思わせるものがある。

その時の筆者は、この街で人生のある時期から終りまでを過した、小杉余子という俳人の名を、まだ知らなかった。現在、彼のことをどれだけの人が知っているか、筆者には判らない。俳句を実作する人びとの中にも、余子を、その作品を知る人がどれだけいるであろう。

小杉余子は明治二十一年、神奈川県藤沢に生を享けた。本名義三。小学校卒業後、進学せず地元の藤沢銀行に就職し、翌年中井銀行へ転職、関東各地の支店で勤務する。昭和六年、銚子支店長として赴任して以来、亡くなるまで同地に棲んだ。昭和十三年、五十歳で定年退職。

余子のあゆみには、俳句を以て名の誉を高めようとした形跡が見えない。彼の句集が収められた全集の解説に、余子じしんの、俳壇に於ける動きについては、さほど記述が割かれていない。彼が松根東洋城門下であり『澁柿』の俳人であったこと、東洋城の不行跡をきっかけに仲間と共に『澁柿』を離脱し関係を断ったこと、以降、仲間と立ち上げた小さな俳誌『あら野』に拠ったこと程度である。少なくともその後半生は、多くの俳人たちの人間関係の外にあって、俳誌の主宰者ともならず、みずからの身に係る近しい人びととともに、ごく個人的に句作に取り組んだと見られている。どの年譜を見ても、この語られ方は変りがない。

彼は歿後に編まれたものを含め、三冊の句集を遺している。筆者が確認する限りではそのうち二冊が、俳句を主題とした二つの文学全集に、それぞれ収められている。二つの全集の片方の月報には、当時の俳壇を代表する何人かの俳人と、ある文芸評論家の座談が収められている。言葉を択ばずに言えば、かくのごとき放言の羅列が文学全集の附録であろうか、という念を起させさえする、読むに堪えない代物である。誰がどのような人物であり、誰が誰を好きであり、誰が誰を嫌いであり、人間関係の中でどう振舞い、どう位置付けられ、ということがのべつ幕なしに語られ、さらには活字となり印刷されると判りきった会話の中で「これはオフレコ」という。これは、ゴシップ記事とさして変りがない。ゴシップはゴシップとして、それじたい価値がないこともないであろう。ゴシップとして、ものの善悪を判じる行為の外にあるものを、この座談からは感じ受ける。しかし、文学、と称ばれるものの善悪を判じる行為の外にあるものを、この座談からは感じ受ける。彼等の放つ言葉からもありありと見えてくることではあるが、文学史、という名のもとに語られることの殆んどは、人名の固有名詞ひとつ換えれば、その辺りに転がっている、犬も喰わない人間関係上の困難と、その再生産、さらにその連続に過ぎない。これはあの、人が物語、あるいは単に筋書と称ぶ、まことによくある悲喜劇に他ならない。この座談とは別の場面のことではあるが、表現史を標榜する俳句解説書を読み、果してそれが人間関係史に終始するものであった、ということが、筆者の浅い読書歴に関する限りでも、一度、二度ではない。

余子が遺した句集は、彼じしんの生き方に同じく、その、人間のいざこざと権力をめぐる喧騒の外にあるものと見える。この三冊の題は、それぞれ『余子句集』、『余子句選』、『余子句抄』である。いずれも飾り気、色気、装飾と言うべきものがない。みずからの号を附しているとはいえ、それからも、主張というよりかは、ただ示す要があるからそのようにしている、とでも言いたげなこだわりのなさを、筆者は受け取る。これでよい、という、集の佇まいの慎ましやかさ。

句集は句集として、また作品は作品として、独立している。しかし一方では、句集が、作品が、その人のあゆみのあらわれであり、あゆみの証とも言える。それはむろん、句のあらわす景がその人の人生の投影である、ということではない。みずからのあゆみは知られずともよい。多くのものに読まれるかどうかも、問題ではない。作品はあとに残しておく。それで充分なのだ、あとは好きにしてくれ、と思わせるものが、彼の句にはある。

柿色の歌舞伎色なる落葉かな

かくのごとき句に出会うとき、筆者は、文章そのもの、文章の効用までをも否定するつもりはないが、それでも、俳句について何か文章を書くことが、徒労あるいは蛇足の域に属するものと思えてならなくなる。

掲句は、単なる色鮮やかな様子を映し出した、静物観察の、写生の句ではない。この世界の中には、静も、動も、時間の奥行きもある。余子の句は、時間を掛けて染み渡る。読み手はただひたすら、俳句そのものを読もうとすることで、彼の句を味い、その世界へ入ることができる。

文学全集の解説には、余子の句は一見平明で、しかし奥行きがあり、読解には「高度の鑑賞眼が求められる」という。しかし、俳句をただ読もうとすることを、いや、余子の句を味うことを「高度の鑑賞眼が求められる」営み、と宣うのであれば、筆者にはその人物の「鑑賞眼」とやらを、疑わずにおれない心地がしてくる。余子の句を侮って言うわけではない。仮に字面が平明であろうと、装飾が施されたものであろうと、また作者の背景が詳らかであろうと、詳らかでなかろうと、人が、俳句を構築する言葉を、あらわされた世界を、俳句そのものをただ読み込むことは変りない。解説者の彼が徒党の、人間関係の外にある者の作、俳句そのものについては、語る言葉を持ち得ていないのではないか、と思われてくる。

世に知られていない、と言われる者たちがいる。彼等の生のあゆみは、歴史と称ばれるものの中に、残らなかったわけではない。まして消えてしまったわけでもない。世の、著名な人の生の重さと、さほどには知られていない人の生の重さが違うのだと、果して、誰が言えるであろうか。彼等の先の時間を歩く者たちが、時折振り向くときの、その眼が節穴というだけの話である。なるほど、現在を生きる人間は、いま、ここに到るまでの、過去のすべてを覽じうる位置にある。しかし、仮に時間がこの先も進み続けるとすれば、それはあくまで、たまたま特定のその位置にいる、というほどのことにすぎない。現在は絶え間なく過去となり、未来は不断に訪れる。しかし未来を生きている者は一人としていない。未来のことは予測に過ぎず、判った気になることこそあろうと、判ることなどできはしない。予測は過去に基づくが、判った気になったところで、過去の、そのうちどれだけの幅の、どこからどこまでを見渡せているか。生ま身の人間が生き得る時空は、いま、ここにしかない。

しかし、ここまで散々に書き立てながら、筆者は、人が判り得る未来がひとつだけあることを、思い起している。肉体の崩壊、死である。

余子の句からは、平熱、ということが思われる。

血腥いばかりに世の動く中にあって、みずからの営みを、みずからの本来のあゆみのままに保ち得る人は、どれだけいるであろう。人は、自分じしんの熱量をのみ頼りに生きているわけではない。何らかのかたちで人に育てられ、何らかのかたちで人に助けられて生きてゆく。といって、それは何も綺麗事というわけではない。人と人の中で関り合いながら生きていれば、いつか他人から何かを奪われ、みずからも他人から何かを奪わざるを得ず、その中で他人の熱に中てられ、浮されそうになることも、二度、三度ではないであろう。熱も冷えも、容易く伝播する。伸るか、反るか。選択に苛まれて速度を上げてはならない。転覆してしまうから。退くことはできない。迷いながらも、いずれかの方へ進まねばならない。生の時間の中にあると、そのような瞬間ばかりである。平熱とは、無為のことではない。さらに言えばその中で、時間は否応なしに進み、ある齢を過ぎれば、身体は不可逆的に劣化し崩壊してゆく。人は、意識するとせざるとに拘りなく、そのような身体を動かし続けている。つねに外部に曝される、生ま身の肉体を。平熱は、みずからの生のあゆみを保とうとはたらき続ける、血肉の烈しいいとなみの帰結と言える。それでも人は、いや生あるものはすべて、死を、遁れることはできない。それを諒解して、なお平熱を保てるであろうか。世俗に、肉体の死ののちもしばらくは残りそうな、強烈な何ごとかを刻み付けておきたい誘惑に、打ち克てるのであろうか。

それとも、死とは、ただの終りなのであろうか。

掲句は、上五冒頭から読む者の眼を引き込む。柿色。赤の系統に属しながら、鮮かというばかりではなく、落ち着いた深みを含んだ色。これが、何の色であるのか。中七に続く「歌舞伎色」とは、いかなる色であろう。役者色なのか、それともあの隈取の、迸りそうな赤色か。あるいは、あの定式幕の色合であろうか。黒、萌葱、柿色。なるほど、柿色が入っている。句の中の「柿色」は、単に「柿色」というのみならず「歌舞伎色」でなければならない。柿色の中にその三色、いや、そこから始まるさまざまな色合いが含まれているのであろうか。微妙な色合いにして、網膜を揺るがしそうな色に違いない。

明白な答えは判らぬままに下五へ至り、読む者は、「落葉」を発見し、詠嘆し、句の、無限にさえ思われる世界に入り込む。「歌舞伎色」の「落葉」。これは地に落ち、地を覆うものでありながら、地の一部である。地を歌舞伎の舞台とし、それを覆う幕であるかのごとき様を見せながらも、あるいは落葉の上もまた、舞台である。それだけさまざまなる色合が、落葉一枚には含まれている。黒、萌葱、柿色。落葉の上では、土の下ではいかなる演目の様相が呈されているのか。「暫」のような時代物か、はたまた「助六」のような世話物か。そのいずれでもよく、またいずれでもあるような鮮やかな、しかし品は落さない印象を、筆者は享けている。鮮やかさ。静でありながら動である。生れ続け、変り続ける落葉の色。降り続け、重なり続ける落葉の色。さまざまな演者が舞台にあらわれる。さまざまな表情を、見せる。喜怒哀楽。人生のいつかも、このようであった。であるとすれば、この句には、これまで過した時間の、あらゆる瞬間が込められている。それらを振り返らせずに置かず、先を思わせずにも置かない一瞬の厚さ。散々に生について語られずとも、多くの人の眼に触れられずとも、俳句を残すことができれば、それでよい。句の中の世界。ここにあるのは、落葉が梢にあって生きていた時間の名残としての、色彩である。いまはまだ鮮やかな様相を、見る者の眼に焼き付けてくる。それも落ちてしまった以上、やがては色褪せ、朽ちてゆくであろう。しかし、必ずしもそれだけではない。落葉一枚から、人はこれまでの生と、これからの宿命、生れ出でてから、滅び、そしてその後までをも含め、きわめて多くのことを感じ、そして受け取ることができる。土は樹を生かし、樹は葉を繁らせ、葉は樹を生かし、やがて役目を了えて落ちる。まもなく微生物に分解され、土となる。そしてまた、生命あるものを生かす基となる。落葉は終りではなく、円環の一端、新たな始まりの一瞬でもある。その一瞬のうちに、いま生きているものの、いや、死んでいった者らもすべて含めて、生命あるものの、あったものの生きている時間——春夏秋冬が、十七音からたちあらわれる。

あとがき

本書は、田畑書店『アンソロジスト』創刊号から八号までに連載された文章へ加筆修正を施し、一部の章題を改めたうえ、新たに書き下ろしの章を加えたものである。『アンソロジスト』掲載分の章には、ほとんど原型を留めていないものもある。

ここに収められた文章のいずれも、評伝のつもりで書かれたものではない。といって、文芸評論かと問われれば、これも怪しい。また、ことさらに「文学史」なるものの書き換えを図った、というわけでもない。仮にその書き換えを欲し、これを実行に移すのであれば、それは、何らかの意図をして「文学史」を編み上げようとした者の轍を踏むことでしかない。強いて言うなら、本書は、随筆ということになるかも判らない。それも、未だに俳句とは何かを解し得ず、さりとて組織への服従も忌んだ挙句、無手勝流の弊に陥った与太の、たわごとの域を出ないかも判らないが、いずれにしてもその判断は、読者諸氏に一任申し上げるよりほかない。

本書に取り上げた俳人たちの世界は、拙文を通して見るまでもなく、俳句そのものに接する限り、色褪せず、みずみずしい様相を呈しつづけている。そうでない句であろうとも、いまだ膨大な可能性を含んでいるものと筆者の眼には映る。その微妙なありさまを塗り潰すがごとき、古びているか否か、人目に触れるか触れないか、という判断は、「俳句」に係る人びとによって散々になされてきたが、今日の糧を得る手段、あるいは世を渡る手段として「俳句」を弄り回す人びとの、体のよい売文句ではないのか、という疑念を、筆者はいまだ拭いがたい。

俳人たちは、歴史と名附けられた物語の、解り易く役割を与えられた登場人物である前に、生ま身の、割り切れない念も癖もある、ひとりの人間であると言える。どれほど追い掛けようと、彼等の背中はいつまでも遠い。近付いた、と思えば、遥かに引き離されている。その逃げ水のようなうしろすがたを、「文学史」という調子の好い色眼鏡で捉えることが、そして追い抜くのもたやすしという気になることが、妥当かどうか、筆者には首肯しかねるものがある。執筆のあいだからいまに至るまで、作品そのもの、俳句そのものの読解を通して、彼等に少しでも近付けないか、と、変らず思いつづけている。むろん、作品は作品であり、その人じしんではない。しかし作品から、その人のあゆみの一端だけでも垣間見えはしないか。本文で述べたことの繰り返しになるかも判らないが、いたずらに背景情報を塗り固め、知識で圧し潰し、目新しさに惑うことが、俳句を読むことではない。また作者の生を見ることでもない。年表的な事項を読解の輔けとすることには有効性がない、とまでは言わないが、それだけでは何か、重大な片手落ちを犯しているのではないか、という思いもある。

一方で、俳句に接するみずからの身は、まっさらではない。読み手が視座を置く土台がいかなるものであり、いかに築かれたかを、読み手みずからが勘定に入れて置かねばならない。俳句そのものを読もうとしながら、いつしかみずからの身に引き寄せてはいないか。みずからの果せなかったのぞみを、重ねるばかりとなってはいないか。ほかのことはさて措くとしても、それを尽すことができたかどうかは甚だ怪しく、筆者の力不足に因るところと言わねばならない。

本書に取り上げた俳人たちの内訳は、筆者じしんの関心に沿ったものに過ぎない。ほかにも、取り上げるべきであったかも知れない俳人は多い。それでも彼等について、こればかりは書こう、と思ったことのおおかたは、書いたつもりでいる。書き進めるうちに、散文でつまびらかに述べるよりは、作品そのものに触れれば済むのではないか、との念も浮んだ。しかし、俳句とは何か、彼等はなぜ、俳句でなければならなかったのか、という問は、書いているときから変らず、筆者のなかにある。むしろ、より大きくなっているかも判らない。ために、今後も俳句を読むこと、考えること、書くことを、そして筆者みずからも俳句を作ろうとすることを、やめるつもりはない。

本書の刊行に際しては、多くの方々の手を煩わせてしまった。一人ひとりすべてに謝辞を記すことは叶わないが、わけても、生活上の不安を圧して執筆を見守りつづけた家人、連載の機を作って頂いた書評家の渡辺祐真氏、そして、本稿の完成を根気強く御待ち頂き、時として温かい励ましの御言葉を掛けてくださった、大槻社主をはじめとする田畑書店の皆様に篤く御礼申し上げ、ひとまずは筆を擱くこととしたい。

二〇二四年大暑

片上長閑

主要参考文献（順不同）

・安住敦、大野林火、草間時彦、沢木欣一、村山古郷編『現代俳句大辞典』明治書院、一九八〇年
・伊藤整、瀬沼茂樹著『日本文壇史』全二十四巻 講談社文芸文庫、一九九四年―一九九八年
・富安風生、水原秋櫻子、山本健吉監修『増補現代俳句大系』全十五巻 角川書店、一九八〇年―一九八二年
・山本健吉、森澄雄、草間時彦、飯田龍太編『現代俳句集成』全十九巻 河出書房新社、一九八一年―一九八五年
・山本三生編『俳句三代集』全十巻 改造社、一九三九年―一九四〇年
・角川書店編『圖說俳句大歲時記』全五巻 角川書店、一九六四年―一九六五年
・上田三四二、大岡信、岡井隆編『現代短歌全集』全十五巻 筑摩書房、一九八〇年―一九八一年
・桑原武夫著『第二芸術論』市民文庫、一九五二年
・正岡子規著『子規全集』全十五巻 アルス、一九二六年―一九二八年
・正岡子規著、正岡忠三郎、司馬遼太郎、大岡昇平、西沢隆二監修『子規全集』全二十五巻 講談社、一九七五年―一九七八年
・正岡子規著、高濱虛子選『子規句集』岩波文庫、一九四一年
・正岡子規著『子規歌集』岩波文庫、一九二八年
・石井露月著、石井元久編『露月句集』青雲社、一九三一年
・石井露月著『露月全句集』秋田市立雄和図書館、二〇一〇年
・石井露月著、露月日記刊行会編『石井露月日記』露月日記刊行会、一九九六年
・石井露月著、Alexander Dolin 訳『石井露月俳句集』国際教養大学出版会、二〇一三年
・福田清人著『俳人石井露月の生涯』大日本雄弁会講談社、一九四九年
・河東碧梧桐著、瀧井孝作監修、栗田靖編『碧梧桐全句集』蝸牛社、一九九二年
・河東碧梧桐著、大須賀乙字編『碧梧桐句集』俳書堂、一九一六年
・河東碧梧桐著『三千里』金尾文淵堂、一九一〇年

・河東碧梧桐著『続三千里』上中下巻 講談社、一九七四年
・松根東洋城著『東洋城全句集』上中下巻 海南書房、一九六六年―一九六七年
・林原耕三著『漱石山房の人々』講談社文芸文庫、二〇一二年
・岡本知十著、岡野馨編『句集 鶯日』乾坤巻 岡野馨私家版、一九三三年
・岡野知十著『俳諧風聞記』白鳩社、一九〇二年
・岡野知十著『俳趣と画趣』自然社、一九〇五年
・岡野知十著『蕪村その他 俳諧一家言』郊外社、一九二四年
・阿部たつを著『函館郷土史随筆』北海道出版企画センター、一九七三年
・尾崎紅葉著、大岡信編『紅葉全集』岩波書店、一九九三年―一九九五年
・佐藤紅緑著『花紅柳緑』（六人社、一九四三年）
・佐藤紅緑著『紅緑句集』（大日本雄弁会講談社、一九五〇年）
・東奥日報社編『青森県人名大事典』東奥日報社、一九六九年
・弘前市史編纂委員会編『弘前市史 明治・大正・昭和編』弘前市、一九六四年
・佐藤愛子著『花はくれない 小説佐藤紅緑』講談社文庫、一九七六年
・佐藤愛子著『血脈』上中下巻 文春文庫、二〇〇五年
・内藤鳴雪著『鳴雪句集』俳書堂、一九〇九年
・内藤鳴雪著『鳴雪俳句集』春秋社、一九二六年
・内藤鳴雪著『鳴雪自叙傳』岡村書店、一九二二年
・五百木飄亭著『飄亭句日記』政教社、一九五八年
・大須賀乙字著、岩谷山梔子編『乙字俳句集』紫苑社、一九三三年
・大須賀乙字著『俳句作法 附 乙字句抄』東炎発行所、一九三四年
・大須賀乙字著、村山古郷編『大須賀乙字俳論集』講談社学術文庫、一九七八年
・中塚一碧樓著『はかぐら』第一作社、一九一三年
・中塚一碧樓著『中塚一碧楼全句集 冬海』海紅社、一九八七年

・尾崎驟子著『中塚一碧樓研究』海紅同人句録社、一九七六年
・塩尻青笳、島津青沙共著『岡山の俳句』日本文教出版岡山文庫、一九七〇年
・荻原井泉水著『井泉水句集』改造文庫、一九二九年
・荻原井泉水著『井泉水句集』新潮文庫、一九三七年
・荻原井泉水著『新選井泉水句集』新潮文庫、一九四三年
・日本経済新聞社編『私の履歴書　第四集』日本経済新聞社、一九五七年
・田原覚著『全国山頭火句碑集』新日本教育図書、二〇〇七年
・岡本癖三酔著『癖三酔句集』俳書堂、一九〇七年
・日野草城著『日野草城全句集』沖積舎、一九八八年
・高濱虚子著、高濱年尾、福田清人、深川正一郎、松井利彦、山本健吉編集『定本高濱虚子全集』全十五巻 毎日新聞社、一九七三年―一九七五年
・高濱虚子著『虚子五句集 付 慶弔贈答句抄』上下巻 岩波文庫、一九九六年
・高濱虚子著『俳諧師・続俳諧師』岩波文庫、一九五二年
・平井照敏著『虚子入門』永田書房、一九八八年
・小杉余子著『余子句集』澁柿社、一九二一年
・小杉余子著『余子句選』岩岡書店、一九三六年
・小杉余子著『余子句抄』ヒゲタ・なぎさ句会、一九六二年

このほか『ホトトギス』『海紅』『三昧』『澁柿』『層雲』『白塔』『ましろ』『筑波』『向上主義』『アラレ』『懸葵』『俳句研究』『慶應義塾總覽』『慶應義塾學報』各号の記事を参照した。

片上長閑（かたがみ　のどか）
俳人。1993年、静岡県伊東市生まれ。大学卒業後の2019年より句作を開始。著作に句集『ちりあくた』（恥露離庵）、写真句集『游遊』（えすてるとの共著、メルキド出版）。

田畑書店

うしろすがたの記

2024年11月20日　印刷
2024年11月25日　発行

著 者　片上長閑

発行人　大槻慎二
発行所　株式会社 田畑書店
〒130-0025　東京都墨田区千歳2-13-4　跳豊ビル301
tel 03-6272-5718　fax 03-6659-6506
装幀・本文組版　田畑書店デザイン室
印刷・製本　中央精版印刷株式会社

Printed in Japan
ISBN978-4-8038-0451-5 C0095